DU MÊME AUTEUR

Aux Éditions Gallimard

BILLE EN TÊTE, *roman* (Prix du Premier Roman 1986) (repris en « Folio », n° 1919).

LE ZÈBRE, *roman* (Prix Femina 1988) (repris en « Folio », n° 2185).

LE PETIT SAUVAGE, *roman* (repris en « Folio », n° 2652).

L'ÎLE DES GAUCHERS, *roman* (repris en « Folio », n° 2912).

LE ZUBIAL, *roman* (repris en « Folio », n° 3206).

AUTOBIOGRAPHIE D'UN AMOUR, *roman* (repris en « Folio », n° 3523).

Aux Éditions Gallimard Jeunesse

CYBERMAMAN.

Aux Éditions Flammarion

FANFAN, *roman* (repris en « Folio », n° 2373).

MADEMOISELLE
LIBERTÉ

ALEXANDRE JARDIN

MADEMOISELLE LIBERTÉ

roman

nrf

GALLIMARD

À L., mon secret

I

TURBULENCES

1

Un mariage solide est une entreprise bien friable. Deux lettres pleines de pureté allaient en trois jours fracasser l'union de Juliette et Horace. Quelle agonie étourdissante ! Pourtant l'un et l'autre, débonnaires, se croyaient à l'abri d'une telle chute. Si leurs corps n'exultaient plus chaque nuit, M. et Mme de Tonnerre forniquaient encore avec application et ponctualité. Chaque samedi soir, ce couple discipliné s'empiffrait d'éternité, s'imposait une nouvelle posture. Chrétienne héréditaire, Juliette pensait devoir des joies honnêtes à son mari. Certes, leur amour connaissait quelques épines, mais ces deux-là se regardaient comme des gens cliniquement heureux. Ils étaient l'habitude préférée de l'autre. À Clermont-Ferrand, on les citait en exemple. Leur bonheur réglé, boulonné sur un socle de complicité, paraissait taillé pour affronter les turbulences de la quarantaine.

Voilà pour les apparences ; maintenant examinons la vérité, l'ahurissante vérité, incroyable forcément. La vie des êtres raconte souvent une histoire ; celle d'Horace de Tonnerre était une bibliothèque, une anthologie de la démesure, un rayonnage de livres à l'index.

Aller trop loin fut longtemps la maxime de cet homme traversé d'excès qui n'avait que peu de vraisemblance. Avant Juliette, Horace avait été un autre. Amateur de hasards, surmené d'appétits, ce funambule ne se reposait que dans l'hyperbole. Prêt pour tous les destins, Horace s'était toujours multiplié sans jamais aller au bout de ses dons ; mériter ses titres le rasait. Ses carrières furent aussi fugaces que pleines de tapage : agent de morts célèbres ressuscités dans les hit-parades, député en se pinçant le nez, chanteur mexicain idolâtré, écrivain de grande consommation qui exploitait son stylo comme un puits de pétrole, novice furtif à l'abbaye du Bec-Hellouin, gigolo d'une épouse d'un Président américain, nègre de bonne humeur, directeur de journaux en dilettante, etc. Selon l'accident du jour, et le coup de théâtre de la semaine, Horace était à l'époque riche de dettes immenses ou de créances illimitées. Toujours il s'élevait pour chuter à force de dépasser les bornes. Cet homme pressé marchait à l'amble de ses envies. Être à la fois faillible et doté d'une énergie fabuleuse le grisait. Remonter la pente l'exaltait. Se goinfrer de paillettes, de cigares ou d'eau bénite l'amusait, divertissait la presse qui n'avait pour lui que des épithètes ébahies. Sans cesse, l'énergumène grandiloquait, se projetait en avant pour ne pas tomber à terre. Son nom lui allait bien : Horace de Tonnerre, oui, de Tonnerre.

Le dérèglement paraissait donc être sa religion. Horace dépensait avec plus d'entrain l'argent qu'il n'avait pas que celui dont il disposait. Épargner signifiait pour lui ralentir le gonflement de son déficit. Au restaurant, il n'était pas rare qu'il invitât les tablées environnantes — surtout lorsqu'il était effrayé par un redressement fiscal —, ou qu'il cherchât à monnayer les faveurs des dames pipi. Embrasser sur la bouche, avec la langue, des septuagénaires très laides en goguette dans les bals populaires lui semblait une œuvre charitable, une manière de devoir moral, presque un sacerdoce. Ou alors, dans un élan mystique, il faisait la fortune d'un clochard anonyme parce que l'éthylique s'était adressé à lui, et non à un autre.

En ce temps-là, Horace de Tonnerre s'égarait dans des amours imparfaites, des faux départs qui n'en finissaient pas de mourir lorsqu'il leur arrivait de durer. Son cœur haïssait la fainéantise. Très couru, Horace couchait à guichets fermés, en refusant un monde fou. Sur le carnet de ses nuits figuraient les noms des greluches qu'il était parvenu à caser. Des ingénues hors de prix qui ne l'aimaient que sur facture, des lubriques pleines de pudeurs, un échantillon de sensuelles frigides attrayantes pour un acte, une collection d'amantes photogéniques mais floues à regarder, trop promptement oubliées. Les visages se succédaient si vite qu'il avait à peine le temps de s'assurer que ces peaux avaient bien glissé entre ses mains. Dans tous les registres, Monsieur de Tonnerre se gaspillait. Il se moquait de l'amour, et l'amour le lui rendait bien.

Puis, un jour, à force de ne pas être grand-chose en voulant être beaucoup, de se ruiner avec faste, d'être absurdement généreux, Horace trouva l'événement qu'il cherchait de façon obscure : un accident de voiture qui bloqua sa folie pendant trois mois. Fixé sur un lit de fer, intégralement plâtré, il prit alors une décision, assez brutale pour lui ressembler : sa trajectoire abracadabrante devait s'arrêter net. Fini les cavalcades mexicaines, les filles consommées à la louche, les mensonges talentueux, la ronde des chèques en bois.

Fuyant Paris, Tokyo, New York et toutes les villes où le génie humain se concentre, se confronte et s'avilit, Horace résolut de se replier dans une province où sa médiocrité lui vaudrait un rang qu'il dédaignerait jusqu'à l'écœurement. N'étant pas parvenu à s'inventer le destin signalé que la vie était censée lui réserver, n'étant ni Mozart ni coupable d'une page d'Histoire, il ambitionna de n'être rien, rien qu'un bourgeois d'envergure départementale, un répéteur de bons mots, rubicond de vinasse, hilare à souhait, apte à remplacer ses envies par de molles habitudes. Cet ex-agité forma donc le projet d'éradiquer ses appétits, de devenir moindre après avoir été éminent, de fausser le ressort qui l'avait toujours singularisé. Ah n'être qu'une nullité en action ! Chacun place son idéal là où il peut. Au rebours de tous, Horace se mit à nourrir des espérances d'éteignoir. À ses yeux, un raté n'était pas un loquedu à trogne rouge mais un individu hors série nommé président d'une affaire sinistre ou le récipiendaire immodeste d'une Légion d'honneur usurpée ; et il se voyait bien finir en gloire de sous-préfecture, en canaille honnête, empesé d'importance, figurant parmi la claque des élus du cru. Ah fréquenter des écharpes tricolores, trinquer avec des élites de parade ! Prospérer parmi les obséquieux ! Avancer à reculons !

Dans sa frénésie de renonciation, Horace poussa le plaisir jusqu'à s'interdire de penser par lui-même ; il aurait désormais les a priori obtus d'un milieu — peu lui importait lequel —, les goûts timorés de son épouse, les convictions de ceux qui n'en ont pas, sans oublier les indignations provisoires qui jonchent la presse. Être enfin prévisible ! Sans saveur aucune ! Se reposer dans la petitesse, en compagnie de rampants aisés, entouré d'une clique de résignés, corrupteurs de toute pureté.

Méthodique et pressé, l'excessif coucha avec la femme du ministre de l'Éducation nationale — ultime fantaisie qu'il s'accorda comme on croque un zakouski — et se fit ainsi nommer proviseur à Clermont-Ferrand, par nécessité, ainsi que professeur de philosophie, par goût. Ce choix n'était guère lucratif pour un adepte du déficit, mais il lui conférait assez de respectabilité pour qu'il pût enfin se mépriser absolument. Entrer dans la fonction publique, s'y ensevelir jusqu'au trognon, le fit jubiler. S'affilier à une caisse de retraite le combla. Puis Horace se mit en quête d'une épouse, pas une femme, non, une épouse authentique, de métier, un engin féru de traditions qui s'épanouirait dans un destin matrimonial. Une unijambiste qui, pour aller au bout d'elle-même, aurait besoin de lui comme d'une prothèse, et se délecterait d'un maximum de servitude.

Le choix de Juliette — l'infirmière de l'hôpital — répondait à ses attentes : avide de sujétion, derrière des airs indépendants, cette beauté municipale croyait que la jalousie était la mesure d'une passion. Osait-il s'absenter une soirée ? La rousse de Clermont-Ferrand brûlait aussitôt de mille soupçons, s'armait de reproches et le criblait à son retour d'insinuations. Remarquait-il les battements de cils d'une autre femme ? Dans l'instant, Juliette s'interrogeait sur la pérennité de leur union — trop promptement célébrée —, exténuait Horace de questions qui le contraignaient à certifier son attachement. De cette fièvre chronique naquirent bientôt deux enfants supportables, Achille et Caroline, habitués aux éclats de leur mère. Horace eut alors la faiblesse de se convaincre que la paternité commande de demeurer frileux, voire pusillanime. Et cela l'exalta !

Notre homme réussit donc à enfermer son naturel de furieux dans une cage reposante, fiscalement favorisée : le mariage. Sur cette balance, il regardait peu à peu baisser ses qualités — sa fougue contagieuse, sa capacité d'indignation — et croître ses défauts — son talent d'adaptation, de reptation devant les hiérarchies. Autrefois sans politesse, Horace apprit à respecter des incapacités notoires, à tenir pour droits les manœuvriers à rubans, à tutoyer des notables gavés de jetons de présence. Juliette échangea sa coiffe d'infirmière contre un serre-tête en velours noir. Leur existence tourna à l'écheveau de petitesses, à l'empilement de certitudes bourgeoises. L'appétit de normalité d'Horace était énorme.

Le logement de fonction des Tonnerre, au lycée, devint le dernier asile des cuistres, des tartufes au petit pied et des opportunistes mielleux. Tous ces inutiles qui sont les viscères d'une ville venaient exhiber leurs mines réjouies sous des lustres Napoléon III. Le couple envié n'ameutait dans son salon que des niais titrés, des pharmaciens aux groins fangeux, friands d'affaires ordurières, des notaires craints et tout un troupeau d'oies ; les gens d'esprit n'étaient pas réinvités. Grouper autour de lui un carrousel de sastisfaits et des idées rassurantes enchantait Horace. La totalité des parvenus que lui indiquait le Bottin mondain du Puy-de-Dôme se pressait sur ses sofas. Bien sûr, ce n'était pas lui qui leur tapait dans le dos ; ce n'était que son apparence. S'il leur servait du champagne, il ne s'offrait pas.

Ses seules activités récréatives étaient de lutiner les épouses de ces réussites régionales, de rendre cocus les arrivés qui triomphaient à Clermont-Ferrand. Chaque coup tiré dédommageait Horace de ses efforts de cabotinage. Sans qu'une rougeur lui monte, il troussait la moitié de ses plus intimes relations, comme le font la plupart des gens vulgaires ; et il ne s'en méprisait que davantage. Au moins cette indignation-là était-elle colossale, infinie même, bref à sa taille. Haïssant sa personne, conspirant contre lui-même, Horace savourait son abaissement, ce ratage qui atteignait au chef-d'œuvre. Sans cesse, en écrivant son journal intime, il se diffamait, se salissait en des termes crapuleux qui eussent fait pâlir des militaires.

19

Dans cette retraite active, Horace se révéla étonnant, en ce sens qu'il parvint à devenir presque gris, quasiment janséniste, ce qui n'était pas un mince effort pour un homme jadis coloré, tout en débordements. Son ambition à rebours le calmait. Au lieu de se distinguer, il résorbait chaque jour sa singularité, s'efforçait de synthétiser tous les traits des gens ennuyeux. Imbu de sa nouvelle nullité, il se confina de plus en plus dans son métier.

Au lycée, Horace traitait en un style pontifiant des vétilles réglementaires, sévissait contre le personnel gaspilleux, s'acharnait sur les élèves hâbleurs, tançait les esprits libres assez odieux pour lui rappeler sa vraie nature. Seuls les châtrés aux bulletins moyens, les inodores et les somnolents avaient grâce à ses yeux. Chatouilleux, il poursuivait de son ironie les éléments qui se signalaient par des défauts trop éclatants, cassait net les éminents à coups de notes éliminatoires. Les grandes qualités l'exaspéraient. À l'abattoir le talent !

Sa physionomie s'en trouva modifiée, à un degré exceptionnel. Horace briocha un peu, quitta complètement ses mines de matamore, dissipa le débraillé de son apparence pour se raidir dans des attitudes artistement composées. Méticuleux, il remisa ses vestes en cachemire pour s'offrir des complets de tergal, troqua ses chaussettes en fil d'Écosse contre de la socquette blanche à revers ou à liséré. Tel un anglican amidonné, Horace bridait désormais ses moindres mouvements. Avec passion, il s'appliquait à restreindre sa vie, étranglait sa fantaisie et supprima de son aspect le plus minuscule relief. Lisse comme un con, il était. Le mérite lui en revenait. Quel travail ! Admirable de constance.

Croyant bien faire, Horace faisait mal ; car on, n'éteint pas le soleil. Les êtres gigantesques ne peuvent se vaincre eux-mêmes que par l'ambition, pas en asphyxiant leur vitalité. Ce forcené déguisé en assuré social, ce faussaire auvergnat ne pouvait se médiocriser longtemps. Il fallait bien que l'uniforme craque, tôt ou tard.

Mais revenons au mariage... Cette institution, qui, on le sait, déprave les amants en en faisant des époux, eut sur Horace l'effet que l'on peut attendre d'un sédatif. S'il aimait effectivement Juliette — il ne la trompait que dans des proportions raisonnables —, Horace bâillait de l'aimer. Il lui reprochait à présent les qualités matrimoniales, guindées et un peu ternes, qui l'avaient jadis enflammé. Nulle envolée ébouriffante dans leurs étreintes, pourtant pas désagréables. La nuit, leurs caresses, prolixes et proprettes, demeuraient laborieuses ; une rhétorique de canapé, développée sur un ton monocorde. Aucune inspiration, pas un élan, zéro trouvaille ! Et puis cette agaçante jalousie... Juliette ne se dégageait de ce puéril défaut que dans les rares moments où elle était apaisée de sentir Horace jaloux, à son tour supplicié par le soupçon. Le reste du temps, elle gâtait ses attraits en laissant cette disposition l'envahir. Pourtant, son esprit était supérieur à sa beauté qui n'était pas au-dessous de son rayonnement. En vérité, Juliette était de ces créatures qui, parfois, chutent dans des abîmes de doute sur leur valeur ou leur mérite. Elle inondait alors les autres de ses craintes ; la plus bénigne critique la crucifiait.

On imagine aisément l'effet que produisit sur Juliette la lettre non signée qu'elle reçut un soir d'automne :

Madame,
je n'ai pas voulu que dure plus longtemps mon secret qui, en se perpétuant, pourrait vous laisser croire que j'ai le projet de vous voler votre mari. Depuis un mois, je lui adresse des lettres d'amour anonymes ; car il ne m'est pas possible de laisser mes sentiments au point mort. Aurais-je dû taire mon trouble ? Peut-être, mais il y a, me semble-t-il, de sublimes élans qu'on a le devoir de laisser vivre. L'amour pur n'est pas si fréquent que nous puissions le négliger.

Oui, j'aime votre Horace, autant qu'une femme peut adorer un homme, soyez-en certaine ; mais je l'aime assez pour vous le confier, à vous qui savez le rendre heureux, et qui croyez le bonheur concevable sur la durée d'une vie. Ma passion est si entière, si joyeuse, qu'elle m'autorise à donner sans rien prendre. Je ne suis pas de celles qui se satisferaient de séduire votre mari pour le laisser désemparé. Mes avances — si je les risquais — viendraient troubler sa quiétude. Le prix du renoncement est élevé ; mais celui de son désarroi — s'il vous quittait — le serait plus encore. Je le sais serein à vos côtés. Je ne le veux pas déchiré. Son contentement actuel fait le mien.

N'ayez donc pas peur.

Je continuerai à écrire à Horace sans me nommer, à vivre près de lui, à savourer de dormir non loin de ses rêves, sans qu'il puisse jamais m'identifier. Mon regard et mes mots l'accompagneront, dans un retrait constant qui, pour le moment, constitue tout mon bonheur.

Sachez seulement que si votre amour virait à la monotonie, alors je n'aurais de cesse de vous le prendre ; car Horace mérite de vivre un chef-d'œuvre avec une femme, aussi fugitif soit-il. Son âme est faite pour la perfection d'une liaison romanesque, même si elle ne devait durer qu'un jour. Si je le voyais désemparé, ou seulement mécontent de vous, vous trouveriez en moi la plus dure des rivales. Naturellement, ma vigilance ne se terminera qu'avec ma mort, ce qui nous laisse du temps.

Soyez digne de lui, je vous le confie.

Il ne tient qu'à vous de faire durer le rôle que je vous donne.

N.B. Je vous enverrai la copie de toutes les lettres que je lui écrirai, afin de rester irréprochable, transparente, vis-à-vis de vous. Vous trouverez, sous ce pli, les quatre premières qu'il a déjà reçues. Peut-être vous les a-t-il montrées. Tout manquement à l'honnêteté me paraît un crime contre l'amour, ou du moins une faute qui, nécessairement, en annonce d'autres. Mais je veux croire qu'il aura eu la probité de vous les signaler.

Juliette faillit mourir sur place.

Horace ne lui avait pas parlé de ces quatre premières lettres.

Un courant d'air fit claquer une fenêtre. L'une des vitres se brisa sans tomber. Un oiseau se posa et aperçut furtivement Juliette à travers le verre fêlé qui fractionnait son image.

Comment Horace avait-il pu lui dissimuler un événement si contrariant, répété trois autres fois ? Aussitôt, Juliette s'alarma ; car le ton de ce courrier était celui d'une jouisseuse qui connaissait l'art d'agacer les nerfs d'un homme. Horace ne pouvait pas prétendre que ces lettres étaient celles d'un brouillon d'amoureuse.

Juliette ne pensait pas qu'il y eût la moindre honnêteté dans cette déclaration qui présentait toutes les apparences d'une habileté. Affirmer que l'on ne veut rien pour tout obtenir, s'occuper de mériter un homme plutôt que de le croquer, tout cela sentait la manœuvre retorse.

Pourtant, les *habiletés* de l'Inconnue tenaient à son absence de calcul, d'une sincérité à peine croyable. Son cœur était fait d'une seule coulée. Mais Juliette était de celles qui n'imaginent pas la puissance effrayante de la candeur. Aimer pour aimer, sans avoir le dessein de posséder, était inaccessible à sa jugeote de fille simple élevée dans des idées sans poésie. Quand on lui parlait de sentiments un brin sérieux, elle pensait aussitôt liste de mariage, conseils liturgiques, acte notarié et compte commun. Engoncée dans des rêves exigus, Juliette méconnaissait les sentiments démesurés. Elle ignorait que la pureté est pire que le vice, que l'amour a des excès, des déchaînements incalculables que la haine ne permet pas.

Remuée jusqu'au tréfonds, Juliette s'inquiéta vraiment qu'Horace lui eût caché cette tentative crispante de sabotage de leur famille ; car c'est bien ainsi qu'elle prit cette lettre. Affolée, elle pensa qu'Horace avait dû préférer attendre que l'Inconnue se découvrît pour voir si elle était jolie. C'était donc qu'il y avait en lui suffisamment de disponibilité pour qu'une autre femme pût l'intéresser, un interstice devenu une béance ; cette idée l'anéantit. Ses trente-cinq ans lui semblèrent tout à coup un siècle. Aussitôt Juliette songea à prendre rendez-vous chez son coiffeur pour vérifier sa couleur. Ses mèches rousses — du feu pur — étaient-elles trop dures ?

Un second courant d'air fit à nouveau claquer la fenêtre ; le verre fêlé vola en éclats, sans qu'elle s'en rendît compte.

Relisant la lettre — qui n'était pas manuscrite —, Juliette devina que l'Inconnue était très certainement élève d'une classe préparatoire, de khâgne ou d'hypo-khâgne. Son style paraissait trop fignolé pour être celui d'une non-bachelière. Elle eut également la certitude que l'effrontée était pensionnaire à Blaise Pascal puisqu'elle avouait roupiller non loin d'Horace. Ce double constat l'inquiéta (elle pensa à commander une manucure chez sa coiffeuse). Sa rivale évoluait donc autour d'elle, ondoyait peut-être parmi les siens et savait où dénicher son mari. Peut-être était-elle en train de la pister à l'instant même. Les fenêtres des chambres des pensionnaires ouvraient toutes sur l'appartement de fonction du proviseur ; leur vue sur l'intimité de sa famille était plongeante.

Juliette ne se doutait pas que l'Inconnue avait dit vrai, avec trop d'honnêteté pour être crédible. La seule adversaire qu'elle eût à redouter était elle-même. Afin de ne pas transformer cette pensionnaire en rivale déclarée, il suffisait qu'elle cessât d'administrer leur mariage comme une affaire sans risque. Mais qui donc était légitime pour estimer qu'Horace avait ou non son compte de bonheur ? N'était-elle pas la mieux placée ?

Arrivée au terme de cet effrayant courrier, Juliette subit alors un accès de colère, surdosé en fiel. De quel droit cette impudente lui *confiait*-elle son propre mari ? Comment osait-elle écrire, *il ne tient qu'à vous de faire durer le rôle que je vous donne* ? Pour qui cette gamine se prenait-elle ? À présent, elle s'octroyait le pouvoir de lui *donner* son propre rôle ! Tant de suffisance l'acculait à une nervosité qui ne pouvait que la desservir.

Sifflant un scotch, Juliette se cramponna à un fauteuil en se jurant de ne pas tomber dans le piège tendu. En aucun cas elle ne devait se faire le tort d'être querelleuse avec Horace. Elle se promit bien de ne pas évoquer cette correspondance lorsqu'il rentrerait.

Un quart d'heure les séparait encore de cette épreuve.

Pour mieux patienter, Juliette se lança alors dans la lecture des quatre lettres qu'Horace avait déjà reçues et, peu à peu, inaugura de nouveaux sentiments, tous inconfortables. Dans un style direct, sans afféterie, il n'était question que de la beauté flagrante de son mari, des défauts succulents que sa rivale lui trouvait. La gourgandine s'émerveillait de ses faiblesses masculines. Naturellement, l'Inconnue devinait Horace chagriné derrière sa gaieté volontaire, à vif sous sa cuirasse d'ironie. Les salades habituelles, celles qui marchent, qui retiennent depuis toujours l'attention des hommes et des femmes en chasse.

De toute évidence, cette élève n'avait pas pour son mari ce goût frivole, fils de la sensualité et du badinage, que les adolescentes nomment trop vite *passion* ou *amour*. Il entrait dans ses sentiments une innocence qui finit par troubler Juliette. Au fil des ans, cette femme trop mariée avait oublié que son cœur, autrefois, avait éprouvé des émotions semblables, belles de simplicité, inflexibles. À présent, son mariage ne nourrissait plus ni son âme ni son corps ; elle s'attardait à cette table desservie. Lire ces pages, c'était pour elle rouvrir sa propre mémoire, revisiter une intensité qui l'avait quittée. Juliette s'avoua même que l'Inconnue aimait avec une générosité qui dépassait celle de ses premiers émois, trop teintés d'amour-propre pour être aussi purs.

Alors, Juliette se prit de haine pour cette fille.

Elle se sentait disqualifiée par tant d'élévation, laminée par cette grâce excessive, comme si son pauvre amour, imparfait, humain, trop humain, avait été dévalué par ces lettres abominables de beauté.

Le bruit des pas d'Horace résonna dans le hall ; il venait de rentrer. Sa physionomie était celle d'un homme accablé de pensées, contrarié d'exister.

Juliette était résolue à ne rien dire.

2

Embarrassé, Horace replia sa silhouette fatiguée sur le canapé mou et se servit un scotch. Il ne supportait plus l'astreinte d'une chaise. Chaque soir, ce dandy gourmé se déchargeait de ses lassitudes en vidant un verre du bout des lèvres. Bien qu'il eût le cœur à gauche, Horace présentait un physique de droite. Des cheveux domestiqués, une mise perpétuellement crispée, de la netteté dans les yeux ; ses élans étaient toujours contraints. Épris de pagaille, vivant à la lisière des grandes folies, Horace faisait régner sur sa personne un ordre tatillon.

D'un geste qui sentait l'effort, il sortit de la poche de sa veste quatre lettres qu'il déposa sur la table. Juliette ravala son haleine et faillit s'absenter dans un malaise. Machinalement, elle se rattrapa à son collier de perles qu'elle besogna comme un chapelet. Recouvert de gêne, Horace lui signifia alors d'un signe de la tête qu'elle pouvait lire les lettres ; ce qu'elle fit, en se composant un maintien dégagé.

Ni l'un ni l'autre n'avaient remarqué la vitre cassée

dont le verre gisait sur le sol, telle une flaque gelée en miettes. Quelque chose s'était brisé entre eux, et ils ne s'en apercevaient pas.

À mesure qu'elle progressait dans sa lecture, Juliette affecta un demi-sourire pour lui dire qu'elle ne voulait y voir que des enfantillages.

— *Une élève un peu exaltée, comme il s'en trouve dans tous les lycées de France...,* finit-elle par lancer, d'un air faux.

— *Non,* répondit-il avec rudesse.

— *Que veux-tu dire ?*

— *Lis les quatre lettres.*

Terrorisée, Juliette feignit de se plonger dans les feuillets brûlants qu'elle venait de parcourir quelques minutes auparavant, en se demandant où Horace oserait en venir. Elle s'inquiétait également de savoir si elle avait raison ou bien tort de taire qu'elle les avait reçus le matin même. Tout avait été si soudain que Juliette n'avait pu arrêter une conduite, ni régler une riposte. Les seuls mots qu'elle trouva pour commenter ces lettres furent :

— *On ne sait si c'est une manipulatrice ou un ange...*

Horace ajouta :

— *Ces lettres me bouleversent.*

— *Moi aussi,* reprit Juliette, *c'est bouleversant un élan de très jeune fille, encore immature...*

— *Non.*

— *Quoi non ?*

— *Cette femme aime comme j'aimerais t'aimer.*

— *Ah...*

29

— *Pourquoi ne savons-nous pas faire de notre vie un plaisir ?*

En se levant, Horace marcha dans le verre et nota que la fenêtre était cassée. Juliette se cuirassa de calme. Ainsi son mari ne l'aimait pas autant qu'il eût souhaité aimer ! L'aveu la transperça, ruina d'un coup neuf ans de moelleuses certitudes. Horace le sentit bien ; aussitôt il précisa sa pensée, sur un ton vif :

— *Si je t'en parle, c'est que j'ai confiance en nous.*

— *Ah...*

— *Si je ne t'aimais plus, je t'aurais caché ces lettres,* précisa-t-il en se penchant pour ramasser les morceaux de verre.

— *Pourquoi as-tu attendu la quatrième pour m'informer de ton...*

— *De mon trouble ?*

— *Oui.*

— *J'attendais de savoir exactement ce que j'éprouvais.*

— *Et... comment vois-tu les choses ?*

— *Je te l'ai déjà dit : cette femme aime comme j'aimerais t'aimer et comme j'aimerais que tu m'aimes.*

Et il ajouta, en se surprenant lui-même :

— *J'ai envie de plaisir.*

Entamée par la trouille, Juliette replaça son cerceau en velours noir ; puis elle ajusta les étoffes qui l'habillaient, ces vieux fonds de soldes que, par économie, elle imposait à sa silhouette. Enfin elle pensa qu'elle avait d'avance perdu la partie. Horace avait beau affirmer qu'il souhaitait que brûle entre eux la flamme de l'Inconnue, cette dernière maniait mieux que Juliette les émotions éclatantes et les plaisirs rutilants qu'il paraissait goûter. Réagissant en femme languissante, habituée à flâner dans les facilités d'un mariage établi, elle se sentit tout à coup dépossédée de ses armes, démonétisée pour ainsi dire. Sa façon d'aimer, ses airs artificieux et ses joies tristes n'atteignaient plus son mari.

Plutôt que de s'ouvrir de son émotion — ce qui aurait pu toucher Horace qui terminait de nettoyer les bris de verre —, elle commit alors l'erreur de railler sans esprit les naïvetés de l'Inconnue. Plus elle s'acharnait, plus Horace se voyait incompris et plus son âme se décrochait d'elle, irrésistiblement. L'Inconnue faisait écho à sa nature entière. Inquiète, Juliette ricanait, paraissait pressée de hâter la catastrophe. Il y a des moments où les êtres mettent un zèle prodigieux à se nuire ; hypnotisés par leur douleur, ils s'engouffrent dans l'erreur.

Assombri par cette réaction fielleuse, Horace répliqua :

— *Je te parle de plaisir, pourquoi réagis-tu comme ça ?*

Stupide, brouillée par sa peine, Juliette répondit :

— *Ton Inconnue, tu peux te la garder ! Le grand numéro de la pureté, c'est bon pour les gamines. Le jour où tu auras envie d'une femme, tu me feras signe !*

Horace se coupa la main droite avec un bout de verre. Du sang perla.

Juliette ne vit pas qu'il était blessé ; à bout, elle sortit du salon en claquant la porte, trop fort.

De l'autre côté de la cour, une pensionnaire à sa fenêtre se pencha ; alertée par le bruit mat, la curiosité lui fit étirer le cou. Juliette la remarqua. Assaillie d'angoisse, elle se précipita sur les rideaux délustrés qu'elle tira aussitôt. Il ne fallait pas que les pensionnaires fussent au courant de ses humeurs. Consciente d'avoir joué contre elle, Juliette craignait soudain d'avoir donné à l'Inconnue le signal de la curée.

Reprenant son souffle, elle entendit alors la sonnette de la porte d'entrée. L'étudiante convenable qui venait faire réviser leurs leçons à Achille et Caroline se trouvait un peu en avance. Un instant, Juliette respira. Ses enfants raffolaient de cette répétitrice ; sa maison tenait encore debout. L'ordre domestique, réglé, roulant comme à l'ordinaire, eut sur elle l'effet d'un réconfort. Rassérénée, elle ouvrit la porte.

Liberté Byron entra, éclatante de sensualité, auréolée de cette grâce dangereuse qu'ont les filles lorsqu'elles aiment.

3

Liberté désirait un amour parfait, sinon rien. Inapte aux compromis, elle ne concevait pas d'aimer et d'être aimée avec modération. Toute pensée exiguë lui était étrangère. L'infini était sa mesure, l'absolu son oxygène. Les attitudes obliques la chiffonnaient. Son image disait son caractère, net comme une gifle. Un nez court mais venant droit. Des cheveux d'un noir exagéré. Des yeux si brutaux qu'ils semblaient une autre paire de poings. D'un coup d'œil, elle vous boxait, vous tenait à distance.

Douée pour le bonheur, cette fille jouissait de tout. Les femmes frigides n'étaient pas reçues chez elle ; elle n'aimait que les ardentes qui font des dépenses folles de voluptés. Voltaire, son maître en agréments, eût été fou de ses fringales géantes et de ses goûts fantasques. Liberté se délectait d'un massage à six mains, sirotait des alcools sucrés rehaussés d'un doigt de Chanel n° 5, vivait de champagne, mordait dans tous les raffinements. Tout ce qui n'était pas immédiat lui paraissait interminable. Le plaisir était sa frénésie, la rapidité son tempo. Sans s'essouffler, elle bondissait vers ses appétits, voulait posséder chaque seconde.

Pourtant, à dix-huit ans, Liberté n'avait connu aucune de ces embardées ordinaires où le cœur s'essaie, où le corps s'étrenne. Au lycée Blaise Pascal, à Clermont-Ferrand, sa beauté paraissait perdue pour tous les garçons. Parmi les élèves d'hypokhâgne, personne n'expliquait sa retenue, sa façon singulière d'avoir son âge qui lui valait un sobriquet : *Mademoiselle Liberté*. Tous s'étonnaient qu'elle ne consommât pas l'amour en vrac, à l'instar de ses contemporains. Avide de carburant très pur, cette fille récalcitrait à fonctionner à l'ordinaire.

À la vérité, l'éducation de Liberté avait aiguisé son goût pour les émotions entières. Enfant, elle avait toujours eu besoin de pousser son caractère à son comble. Son père, prodigieusement anglais, l'avait élevée dans des songes à peine croyables. Lui verser dans l'esprit le snobisme de la perfection occupait la retraite de ce descendant direct de Lord Byron. Virtuose en tout, cet aristocrate bouillant avait horreur de la félicité béate des tièdes, des demi-satisfactions qui contentent les êtres flous. Tout à peu près l'écœurait.

Plutôt que de scolariser sa fille — sur des bancs où l'on aurait pu tempérer ses dispositions ou amollir ses appétences —, Lawrence Byron avait résolu de lui enseigner lui-même tout ce qu'il savait. Riche, jouissant d'une culture perfectionnée, l'énergumène était en mesure de s'adonner à ce sport de l'esprit. Lord Byron entendait stimuler le penchant de Liberté pour les démarches épicuriennes et acharnées. Les idées les plus irrégulières pullulaient dans son cerveau britannique. Lui montrait-il l'astronomie ? Il la faisait aussitôt roupiller le jour et étudier la nuit, le museau tourné vers le firmament. Byron l'installait alors à ses côtés, dans un hamac biplace relié par de longues pailles à des bouteilles de grands crus de Bordeaux ; ou bien il lui bandait les yeux pour qu'elle voûtât en elle son propre ciel. Exploraient-ils ensemble les mathématiques ? Il s'attardait sur l'énigme du zéro, se prélassait avec elle dans la notion d'infini pendant que deux Chinoises leur massaient la plante des pieds avec des huiles opiacées. Ivre d'audaces, il lui transmit la passion de vadrouiller au plus obscur d'elle-même, le goût de s'aventurer en gondole plutôt que de caboter dans des amours balisées. Quitter le connu lui paraissait le début de l'art de vivre. Homme sans ambition sociale, Lord Byron entendait faire de sa fille son chef-d'œuvre.

Pourtant, Lawrence avait goûté à tous les miels de la reconnaissance, abusé des confitures de la vanité. Sa destinée était de celles que seule la réalité sait imaginer. Pianiste hors pair — élève choyé de Glenn Gould —, il avait pendant dix ans subjugué et agacé l'univers des musicologues ; puis, à vingt-huit ans, fatigué de son génie, bâillant devant ses succès, il avait délaissé le piano pour se vouer au golf. Cinq ans plus tard, Byron était devenu le premier joueur mondial de cette discipline dont il se désintéressa aussitôt pour retraduire en anglais moderne l'œuvre de Platon, afin de se dégoûter du grec ancien. Avide d'excès, il fut en 1967 le premier entêté à traverser l'Atlantique à la nage ; victoire que ce malabar distingué fêta à Long Island en dégustant un modeste fromage, succulent, qu'il se fit préparer avec du lait de paysanne mexicaine. Cette provenance garantissait l'excellence de ce subtil fromage de femme. Puis, personnage pétaradant, hâtif dans son désir de tout réussir, Byron avait remporté le championnat automobile d'Indianapolis, équipé de gants en peau de lévrier birman. En matière de dandysme, le père de Liberté ne fut jamais pris en défaut. Dès le mois de novembre, il faisait doubler ses caleçons de fourrure d'ourson polaire. Enfin, déçu par ses facilités, lassé d'avoir autant vécu, l'excentrique aux slips fourrés s'était retiré du monde. Jeune vieillard, il était devenu Français par amour et ne rêvait plus que de réussir sa fille unique.

Pour mener à bien son dessein, Lawrence avait acquis une propriété vaniteuse, une ruine stylée assortie à sa démesure, dont il avait fait le théâtre de ses plaisirs. Ce morceau de la Renaissance gît toujours non loin du Puy, au milieu de la chaîne des volcans. À tous les étages fonctionnaient alors des robinets à cidre, boisson dont il raffolait. Les têtes de lit des chambres d'amis possédaient deux orifices équipés de valves. Des masseuses discrètes, dissimulées dans l'épaisseur des doubles cloisons, pouvaient ainsi glisser leurs mains afin de détendre le crâne des hôtes de Lord Byron. Chaque matin, les horloges s'arrêtaient automatiquement à sept heures, pour inciter les invités à prolonger leurs rêves. Les puciers du château étaient des engins d'un luxe inouï, en acajou ciré, étudiés par la firme Zodiac. Chaque lit avait été doté de poulies en cuivre permettant de suspendre tout le nécessaire pour ne jamais quitter ses draps : jambons divers, vases urinaires, kilos de journaux, poupées vaudoues avec leur lot d'aiguilles en inox, shampooing sec, poires à lavements, panoplie d'écrivain, etc. Adepte du surmenage, Byron avait toujours rêvé de vivre alité, en Robinson d'une île qui serait un matelas.

Le jardin, conçu jadis par un couple gay originaire du Gloucestershire, avait des airs de vieille Angleterre. Comme les parterres du château de Villandry, il n'était planté que de légumes exquis, de variétés fruitières ou odorantes. Les roses avaient été remplacées par des fleurs de courgettes, succulentes en beignets. Les groseilles faisaient office de mimosa, la fleur de poireau tenait lieu de lys. Désuet, empreint de mystère, multipliant les surprises végétales, ce parc gourmand qu'on aurait pu arroser à la vinaigrette semblait dessiné pour qu'on y jouât une pièce de Shakespeare. Toutes les allées ouvraient sur des perspectives hérissées de volcans majestueux. Aucune vue — parfumée — ne permettait de mijoter dans des pensées mesquines.

Au sein de cet univers particulier, à l'écart des laideurs et de la vulgarité du monde, Lord Byron cultiva les attentes de Liberté. C'est là que s'alluma chez elle une révolte inflexible qui ne voulut pas s'assagir, une gloutonnerie qui lui fit mépriser la tempérance des modérés et haïr les postures des peine-à-jouir.

Byron souhaitait que sa fille ignorât la déroute sentimentale qui le fâchait avec la vie ; car, malgré toutes ses théories rutilantes et son zèle de jouisseur, il répugnait à parler avec Judith, sa deuxième femme. Avec zèle, leur mariage s'obstinait à échouer. Byron ne s'avisait même plus de remettre de l'eau chaude sur ce mauvais thé qui avait infusé pendant quinze ans. Veuf, cabossé d'avoir perdu la mère de Liberté, Lawrence s'était laissé baguer sans conviction. Il n'avait pas eu l'énergie de recommencer la folie du couple, de remettre de l'éternité dans ses baisers. Sa fille lui était restée, vestige d'une passion abrégée par un accident de la route. Inélégant, Byron avait survécu à ce deuil.

Pour ses sept ans, Liberté avait reçu une île.

Dans le parc qui faisait face à leur château détérioré, il n'y avait qu'un chêne, à peine fatigué, un contemporain du Roi-Soleil. Lord Byron fit creuser un étang autour de ce colosse végétal, de façon à créer une île pour sa Princesse. Profitant d'un séjour de Liberté chez une tante, il mena les travaux selon son caractère : avec célérité, à coups de bulldozers qui mangèrent le sol. Habile hydraulicien, Byron détourna le cours de plusieurs ruisseaux, conçut illico tout un réseau d'écluses pour disposer d'assez d'eau. Lorsqu'elle revint, le jour son anniversaire, la petite Liberté découvrit son royaume : une île au milieu des volcans, ceinturée de cris de grenouilles.

Ce détail sonore illustre l'esprit de Byron. S'il était hâtif, l'esthète ne savait pas bâcler : un lac, même minuscule, devait à ses yeux posséder une chorale de grenouilles — excellentes sautées au gingembre — ainsi qu'un assortiment de nénuphars — dont la fleur, en compote, est un mets rare — rappelant les *Nym-*

phéas de Claude Monet. Dans son esprit, faire moins eût été une marque d'avarice, un crime contre le goût, et le début de la pente qui mène à la facilité.

Dans les branches de cet arbre extraordinaire, Lawrence construisit pour sa fille une cabane qui était en elle-même un livre idéal. Il y accumula tout ce qui pouvait fortifier son âme et faire d'elle une amoureuse brevetée. Les étagères accueillirent des écrits de Stendhal, quelques volumes plaintifs de Ronsard, les pages les plus fakiresques de Pascal Jardin, des œuvres gémissantes d'Alfred de Musset, sa correspondance avec George Sand, les émois stylisés de Chateaubriand, un lot de scènes pêchées dans l'océan profond de Shakespeare, la vie incontournable d'Emma Bovary, des vers cristallins de Shelley, d'autres plus capiteux de leur aïeul Byron. Sans oublier le verbe torrentiel d'Hugo, avec ses couplets amoureux pleins de tintamarre poétique. Tout un bric-à-brac sublime qui excluait ce que produisent les comètes d'une saison. Keats voisinait avec le succulent Zweig, Choderlos de Laclos s'adossait à Mishima, Rostand coudoyait Madame de Lafayette. En vrac, les chagrins d'amour d'Europe et d'Asie venaient s'additionner. Entourant Liberté, les espérances de jadis resurgissaient des siècles enfuis. Les passions fanées, toujours vives dans les bouquins, occupaient l'espace de ce merveilleux abri.

C'est là que Liberté découvrit la vie, en lisant.

Ou plutôt c'est là qu'elle reconnut dans les livres l'essence de son caractère qui était d'être déraisonnable, avec gaieté. En frissonnant, Liberté explora ainsi le tumulte de ses contradictions, les cyclones d'instincts qui exténuaient son âme aussi grave que frivole ; et elle se mit à rêver d'un amour assez musclé pour la délivrer de ses envies désordonnées.

Seul un amant magnifique pouvait la simplifier.

Lawrence savait que ce ne sont pas les hommes qui rendent les filles femmes mais bien les poètes, les romanciers et les dramaturges ; trois variétés d'escrocs. Au passage, ces irresponsables ravagent bien des créatures pour noircir leurs pages ; mais, au final, les plus talentueux se font pardonner les douleurs qu'ils infligent par celles et ceux qui les lisent. Lord Byron ne lésina donc pas sur les volumes de qualité. Il la nourrit de liaisons mal digérées, de déclarations lacrymatoires et de suicides d'amants attachants de connerie.

Au fil des ans, Liberté s'aperçut bien que les romans et les idées dont son père faisait parade ne reflétaient guère la réalité. Elle n'ignorait pas les couples modernes, tordus par les divorces comme par des coliques, opprimés par un excès de liberté. Mais ce que son esprit lui disait son cœur ne l'entendait pas. Si elle savait que les passions refroidissent, s'ankylosent par la répétition des gestes, elle le refusait de toute son âme. Cette liseuse, gourmande par réflexe, ne tolérait pas que le désir soit soluble dans le mariage. Incorruptible jusqu'au délire, Liberté aurait préféré mourir plutôt que de composer avec le réel.

Fréquenter les auteurs lui avait laissé dans le caractère des aspirations très pures et l'incapacité de s'y soustraire. Ondine et Antigone étaient ses sœurs, aussi inflexibles qu'elle. Comme cette paire d'emmerdeuses, Liberté exécrait les amours de petit tonnage. Côtoyant l'excellence depuis toujours, la fille de Lord Byron tenait à ce que tout dans sa vie fût disproportionné : les maux comme les bonheurs. Exister était pour elle synonyme d'aimer absolument. Mais, réaliste, Liberté avait imaginé un chemin très particulier afin de se faufiler vers la perfection. Son dessein, à la fois énorme et modeste, était un vrai sujet d'agitation byronienne, digne des folies que charriait son sang depuis plusieurs générations.

Pour s'assurer les moyens de son ambition, Liberté s'était appliquée à devenir voleuse. Non pas une cleptomane ordinaire, réduite aux expédients de l'improvisation. Elle avait fait de son quotidien une suite ininterrompue de larcins charmants, d'exactions délicieuses qu'elle commettait avec tact, pour se délivrer des inconvénients de la vie matérielle, de cette contrainte qui, indéniablement, ne peut que peser sur la conduite d'un amour hors série. Comment fréquenter le sublime dans la gêne ? Comment flotter au-dessus des contingences au bras d'un homme quand on subit les astreintes perverses du salariat ? Le travail lui paraissait le pire ennemi de la passion, une galère obscène. C'est bien simple, elle était contre. À rayer le labeur !

Aussi s'était-elle accoutumée à voler, tout et tout le temps, à l'insu de tous, y compris de son père. Avec l'adresse d'un prestidigitateur traversé d'éclairs, Liberté subtilisait sans vergogne ; car elle restituait toujours. Voleuse, elle s'attachait à demeurer honnête. Emprunter était son habitude. Convoitait-elle une maison ? Liberté la cambriolait avec méticulosité et profitait de l'absence des propriétaires pour y séjourner, le temps d'user son envie, en s'astreignant à faire les carreaux. Désirait-elle être jolie pour l'homme qu'elle espérait croquer ? Liberté s'introduisait de nuit dans les magasins, essayait un tourbillon de robes, et n'empruntait que la pièce qui la rendait irrésistible ; puis elle la retournait, nettoyée, avec un mot d'excuse accompagné d'un bouquet de fleurs de courgettes. Dérober était à ses yeux une façon de s'entraîner à vivre comme dans un songe, en refusant tout ce qui rend l'existence inachevée, défectueuse, navrante. Pour entrer dans un amour géant, elle était prête à oser bien des libertés.

Lawrence frissonna donc le jour où il aperçut sa fille au bord de l'étang qu'il lui avait offert. Sans le consulter, elle ouvrit les vannes qui commandaient le niveau des eaux. Avec un calme effrayant, elle vida le lac artificiel, reliant ainsi l'île de son enfance à la terre volcanique. À dix-huit ans, armée de désirs non négociables et d'un goût prodigieux pour le plaisir, Liberté quittait son île.

Ce soir-là, Lord Byron comprit que sa fille était amoureuse.

4

Horace s'avança vers le tableau noir et écrivit à la craie :

La vie est trop courte pour être petite.

Benjamin Disraeli

Quittant son corset de proviseur pour prendre sa voix chantante de professeur, il disséqua cette citation en évitant toute pensée rectiligne. Au milieu d'un silence attentif, Horace montra son dégoût virulent pour les événements que l'on croit réels et qui, au final, n'existent qu'à peine. En termes sensibles, presque aquarellés, il évoqua la difficulté de participer à sa propre vie, de posséder chaque minute. Puis Horace s'arrêta avec colère sur la déveine d'être aimé de façon distraite, d'être frôlé par celui ou celle qui croit vivre *avec* nous quand il ne vit que *près* de nous.

— *Tout cela se récapitule en un mot épineux : le plaisir !* tonna-t-il. *Pourquoi est-il si difficile de vivre dans le plaisir ?*

Les étudiants entendaient un cours ; Liberté écoutait un homme. Du fond de la classe, au dernier rang, elle le voyait en gros plan. Les yeux d'Horace, presque enfantins, avides de voluptés, paraissaient de vingt ans plus jeunes que son visage. Son style moral lui plaisait, tout autant que son enveloppe. Liberté était toute à la joie d'avoir affaire à une âme sans bassesse, pure de toute vulgarité. Elle buvait l'émotion nue d'Horace, exubérante, l'exigence hédoniste qui le brûlait, son indignation devant le mensonge d'une présence qui si souvent est une absence ; et il ne lui plaisait pas de demeurer transparente en face de cet excessif déguisé en modéré.

Tout entière tendue vers lui depuis qu'elle avait lu par hasard quelques pages de son carnet intime — oublié à la bibliothèque —, elle savait qu'ils se rejoignaient dans une même conviction : l'amour n'est pas une distraction dominicale qui guérit de l'oisiveté, pas une préface mais bien le corps de l'existence. Tous deux avaient le goût des risques sentimentaux qui dédommagent d'être marié. Liberté se croyait seule à saisir les aspirations de cet époux déconfit. Elle le sentait acide de ricocher sur la surface d'une histoire éteinte, rongé de sécher aux côtés d'une épouse décorative, trop artificieuse pour être naturellement jolie.

Essoufflé, Horace reprit appui sur un silence ; puis il interrogea ses élèves :

— *Qu'est-ce qui en nous résiste au miracle de la rencontre ? Quelle part de nous se dérobe dans les occasions où notre vérité pourrait être enfin touchée ? Pourquoi fuit-*

on les instants où l'on pourrait connaître le bonheur complet de ne plus fuir ?

Liberté leva la main et prit plaisir à répondre :

— *Moi je n'ai pas peur.*

— *De quoi ?*

— *D'être rencontrée...*

Amusés, ses camarades étouffèrent des rires ; tous connaissaient la conduite exagérée de Mademoiselle Liberté, sa façon de coudoyer l'illimité. Chacun savait qu'elle jugeait scandaleux de survivre à un chagrin d'amour, minable de ne pas être génial. Le superlatif était sa manie, l'enjouement son habitude. Mais ils se turent pour entendre les arguments qu'elle allait oser. La raison de ses dix-huit ans, méthodique et suivie, pouvait faire honte à celle de bon nombre de professeurs. Sûre de ses idées, Liberté n'avait jamais craint de les défendre dans des joutes où elle perforait avec des mots durs bien des blindages de certitudes, adjectivait sévèrement ses adversaires et, enfin, terrassait par son humeur les ingénieux qui tentaient de la chloroformer.

Un instant décontenancé, Horace poursuivit :

— *Alors comment expliquez-vous que vos camarades éprouvent une telle crainte d'engager leur vérité dans une relation ?*

Liberté prit un temps, ralentit la vie hâtive qui l'animait, non pour réfléchir mais pour mieux convoiter cet intellectuel aux mains encore inutiles. Mlle Byron se délectait de la beauté des hommes. Sa capacité à ressentir un plaisir entier était l'un des traits saillants de son tempérament, son talent le mieux dessiné. Cette fille savait vivre la vie.

— *Vous disiez ?* reprit-elle.

— *Pourquoi pensez-vous que les hommes et les femmes aient une telle crainte d'être vrais ?*

Elle hésita un instant et, finalement, risqua une manœuvre :

— *Voulez-vous que je provoque les circonstances susceptibles de nous aider à répondre à votre question ?*

— *Entendu,* répondit-il.

— *Imaginez que je vous aime. C'est une pure supposition, mais imaginez tout de même que je vous aime.*

Horace entendit le parquet craquer sous ses pieds.

Ce type de réplique glissante appartenait à sa vie révolue.

La classe cessa brusquement de s'éparpiller en chuchotements. Horace arrêta de distribuer ses regards pour se concentrer sur les arguments de Liberté. Aussitôt, elle pressentit que malgré son embarras, ou plutôt grâce à sa gêne, il vivait plus fort que d'habitude.

— *Admettons...,* murmura Horace.

— *Non, vous ne l'admettez pas.*

— *Pardon ?*

— *Vous dites que vous l'admettez mais vous ne le ressentez pas.*

— *Je le ressens, autant que je le peux...*

— *Mieux que ça. Frissonnez, soyez inquiet de me blesser, mal à l'aise en croisant mes yeux, gauche dans votre façon de ne pas encourager mes sentiments, car bien* sûr vous n'avez pas le droit d'y répondre. *Vous êtes mon professeur et notre proviseur, dois-je vous le rappeler ?*

— C'est bon, c'est bon...

— *Voilà, vous commencez à être nerveux... Le moment que nous vivons, dans sa fausseté, prend un peu de réalité.*

— Et ensuite ?

Recherchant en elle-même l'audace la plus troublante dont elle était capable, Liberté assena :

— *Horace, je me suis longuement caressée hier, dans mon lit, en pensant à toi. Et j'ai joui comme jamais. C'était bon !*

À nouveau, Horace entendit le parquet se plaindre sous ses pieds.

Il fixa Liberté et, ne sachant quelle attitude adopter devant la classe soufflée, partit dans un fou rire :

— *Vous êtes folle ? !*

— *Je plaisantais bien sûr, et vous prie de pardonner mon écart. Mais avez-vous remarqué que la manifestation d'une vérité trop entière a suscité chez vous un mécanisme de défense : le rire. En osant notre vérité, sans prudence, nous risquons de bloquer celle de l'autre. Peut-être est-ce pour cela que les gens, d'instinct, s'en tiennent à des relations de surface. Dois-je continuer ma démonstration ou préférez-vous continuer votre cours ?*

La sonnerie du lycée sauva Horace.

Il quitta la salle convaincu que l'Inconnue ne pouvait être cette élève au langage trop vert, au verbe opérationnel. Il n'avait pas compris que s'affronter, c'est déjà une façon d'être ensemble.

5

Par son courrier, l'Inconnue pénétrait dans la maison de Juliette ; par ses avertissements, elle pénétrait son esprit. La deuxième lettre que reçut Juliette, le lendemain, acheva de la tracasser. L'Inconnue se révélait une fois de plus candide, machiavélique dans son innocence et mue par une exigence exagérée, presque inhumaine. L'instinct de l'absolu la guidait. Avec l'insolence d'une enfant et la sûreté d'une femme rodée, elle avançait ses pions.

Tout en parcourant les imprécations de sa rivale, Juliette surveillait un ragoût qu'elle réchauffait à petit feu, un morceau de cuisine bourgeoise aux parfums sages et émollients. La lettre, elle, était pimentée et revigorante :

> *Chère Juliette* (cette familiarité eut le don de l'irriter),
>
> *le temps est venu d'évoquer une question qui me laisse sans repos : votre façon d'aimer notre Horace* (comment osait-elle employer ce possessif ?), *ou plutôt de le mal*

aimer. Quand on commet la folie de vivre avec un homme, il faut assumer son imprudence. Or il y a dans vos menues défaillances et vos ressentiments une petitesse ou des facilités que vous devez rectifier, si vous prétendez le conserver (toujours ces menaces à peine voilées !). *Je vous le disais, Horace mérite un amour parfait, audacieux, non ce quotidien truffé de négligences dont vous semblez vous accommoder.*

En premier lieu, je voudrais vous voir reconnaître à Horace une prééminence qui doit disqualifier tout le reste. Il n'est pas tolérable qu'en sa présence vous décrochiez le téléphone dès qu'on vous sonne ; le premier venu semble prioritaire sur celui que vous dites adorer ! De même, je vous somme d'arrêter de lire le soir dans votre lit ; ce lieu n'est pas celui où il convient de s'abstraire mais bien celui où vous devriez rechercher le plaisir de lui en donner.

À ce propos, je ne saurais approuver la minceur de la porte de votre chambre. Comment voulez-vous que, dans l'étreinte, votre mari s'abandonne s'il se sait entendu par vos enfants ? Un minimum d'insonorisation témoignerait de votre intérêt pour son bonheur physique. Horace doit pouvoir crier son extase en toute quiétude. Votre chambre n'est pas celle d'une amante mais bien celle d'une mère. Cessez d'écouter le sommeil de vos petits en laissant la porte entrouverte. Ce scandale devra s'arrêter sans délai, je ne vous le répéterai pas.

Autre détail : faites supprimer les toilettes situées dans votre salle de bains, attenante à votre chambre. Il est des nécessités qui ne peuvent exister dans le quotidien de deux amants. Comprenez que sur ce point je ne vous laisserai aucune latitude.

Et puis, venons-en à un point fondamental. Il y a entre vous, de façon latente, un esprit de ressentiment qui dégrade votre amour. Vous résistez sans cesse à Horace, comme si ses désirs menaçaient les vôtres, au lieu de jouir gaiement de le combler. Ce scénario délétère, répété et flagrant dans votre quotidien, annonce d'autres retenues qui m'inquiètent. J'ai la certitude qu'il en va de même dans vos ébats. Oui, je crains que vous ne sachiez pas être pleinement satisfaite de son contentement, que toujours, par vos esquives, vos froideurs et vos exigences répétées, vous ayez à cœur de lui marquer que vous lui résistez.

Cela, je ne l'accepterai pas.

En vous conduisant ainsi, ce n'est pas Horace mais bien l'amour que vous ne respectez pas. S'opposer à l'autre dans ses aspirations essentielles est un crime, ne pas jouir de le faire jouir en est un autre. L'amour ne vit que du bonheur léger qu'il y a à donner à l'autre une part de ciel ; et je ne vois chez vous nulle joie à ne pas lui résister, à quitter vos certitudes, à passer outre vos propres besoins. Où est votre enthousiasme de le voir rayonner d'être content ? Délectez-vous de lui donner raison ! Régalez-vous de ses appétits ! Quoi, vous ignorez donc à ce point ce qu'est l'art d'aimer un homme ? En vous réservant, vous l'empêchez de se livrer.

Je voudrais que vous cessiez vos inattentions, cette conduite égocentrique qui vous enferme dans la quête de vos propres satisfactions et qui fait de vous une femme qui ne voit pas Horace, qui ne remarque plus la beauté de ses songes. Trop présente à vous-même, vous en devenez absente. L'univers glisse sur vous ; et la réalité de votre mari vous échappe, tout comme votre vie. Avez-vous seu-

lement noté que depuis deux mois il vous offre chaque semaine un bouquet différent, marquant ainsi son souci d'honorer toutes les femmes qui respirent en vous ? Vous êtes-vous aperçue que depuis quelques semaines les roses qu'il vous offre ne sont plus blanches mais d'un rouge à chaque fois plus profond ? Qui êtes-vous donc pour négliger l'amour ?

Sachez, ma chère Juliette, qu'il va vous falloir mettre de la surprise et de l'étourderie dans votre vie d'amante. Une passion véritable est fille de l'imagination ; elle ne peut se dispenser d'inventions, de rebondissements qui donnent aux sentiments ce parfum de roman qui ensorcelle. Vous vous gâchez en habitudes, en attitudes sérieuses. Dépensez-vous en créant des moments rares. Faites-lui l'amour dans des lieux qu'il aime, pour associer à vos orgasmes les beautés qui parlent à son cœur ! Osez les indécences qu'il pourrait espérer trouver chez une autre ! Risquez-vous dans des conduites que personne n'attend de vous ! Soyez plus délinquante ! Buvez ce que vous ne buvez jamais, vendez tous vos meubles, apprenez avec lui ce que vous ignorez tous deux. Connaissez-vous son goût pour l'élégance de Jacky Kennedy ou pour celle d'Audrey Hepburn ? Portez leurs tenues ! Voulez-vous rêver ? Commencez par le faire rêver.

Je ne vois aucune démesure dans vos postures d'épouse ; et c'est bien là que vous passez le plus à côté d'Horace. Il n'est qu'ambition pour les choses de l'amour, que révolte contre la grisaille des jours. Il n'a que faire de vos bibelots, de votre intérieur bien élevé. Vous lui servez de la cuisine bourgeoise, il n'attend que des plats pimentés (l'odeur du ragoût monta au nez de Juliette !). Qui croyez-vous

51

*avoir épousé ? Votre modération en tout est une insulte faite
à cet homme. Que lui avez-vous offert pour son
anniversaire ? Une cravate ! Quel profit tirez-vous de cette
conduite pitoyable ?*

J'attends de vous ce qu'il espère de vous.

*Montrez-vous à la hauteur d'un homme tel que lui, et
vite.*

*Pour ma part, je ne crois pas qu'il y ait de solution dans
un amour qui voit défiler le quotidien ; la procession des
jours tue les élans. Mais le mariage paraît être votre
option : assumez-la.*

*P.-S. : Bien entendu, j'adresse une copie de cette lettre à
Horace. L'honnêteté m'oblige à cette transparence. Il ne
saurait être question d'établir entre nous des conventions
secrètes, alors que nous l'aimons toutes les deux.*

À nouveau, Juliette faillit périr sur place. Ce n'était
plus une passe de fleuret mais une attaque à main
armée. L'influx de cette conviction la glaçait. Comment cette fille avait-elle pu épingler autant d'informations sur sa vie intime ? Cette finesse d'observation
lui fit sentir qu'elle était scrutée de très près. Mais il y
avait plus grave.

En envoyant un double de cette lettre à son mari,
l'Inconnue lui interdisait de rectifier ses petitesses, de
mettre davantage de couleurs vives dans leur vie
monochrome. Se conformer à ces prescriptions —
alors qu'Horace avait reçu le même courrier — eût été
donner des points à sa rivale, lui reconnaître un rôle
dans lequel elle prépondérait. Juliette ne pouvait

accepter qu'une autre femme fixât sa conduite, avec des impératifs qui ressemblaient à des index dressés.

Dans le même temps, Juliette se doutait que cette lettre exacerberait les attentes d'Horace, trop longtemps négligées. Ne valait-il mieux pas y répondre, tenter de lui plaire ainsi, au risque de passer pour une imitation de sa rivale ? Si Juliette ne tenait aucun compte de ce courrier, ne s'exposait-elle pas à ce qu'Horace veuille, un jour ou l'autre, rencontrer l'Inconnue ? À coup sûr, son immobilisme conduirait son mari à découvrir le nom de cette fille qui *aimait comme il voulait aimer et être aimé*.

Aucune solution ne la laisserait en paix ; toutes provoqueraient de tragiques saccades.

Juliette prit le pire parti : celui d'ignorer cette lettre dangereuse, de passer sur elle un lourd cylindre de mépris. Son choix fut de ne pas en parler avec Horace. Elle entendait ne pas se laisser manipuler par le soi-disant *ange de pureté*. Mais n'était-il pas trop tard ?

Le silence était-il encore possible ?

Juliette sala son ragoût, mais ne le poivra pas.

6

Pour ne pas obéir à l'Inconnue, Juliette résolut de se retrancher derrière les habitudes fainéantes qui empesaient leurs week-ends. Pondérée jusqu'à l'excès, elle réagit sans pétulance, en épouse stationnaire. Pas une seconde elle ne songea qu'elle aurait pu vraiment redistribuer les cartes, dérouter Horace, le dépayser en risquant un coup d'audace. Juliette ignorait que pour distribuer du plaisir il faut d'abord en prendre. À son insu, elle dansait sur la musique que jouait sa rivale anonyme.

Comme tous les vendredis, Horace rentra donc à dix-neuf heures vingt dans leur logement de fonction. Aucun meuble n'avait bougé d'un centimètre depuis des lustres ; il y avait veillé. À peine quelques bibelots avaient-ils migré d'un guéridon à l'autre. L'inventaire de neuf années routinières et vétilleuses était au complet. Rien n'avait été soustrait ou ajouté. Le passé adhérait au présent, pesait dans chaque objet. Ce décor n'attendait aucun avenir.

En franchissant le seuil du salon, avec des soupirs

plein les poches, la lèvre inférieure fatiguée, Horace eut soudain une envie de bourrasques. Le courrier de l'Inconnue commençait à réveiller son sang de furieux. D'un regard circulaire, il vit bien que cette fixité des choses reflétait des immobilismes qui l'exténuaient désormais. Aussitôt Juliette comprit quels désirs dilataient ses pupilles. Il avait donc lu la copie de la lettre de l'Inconnue. Occupée à lui servir son traditionnel scotch biquotidien (un à douze heures trente, un autre à dix-neuf heures vingt-cinq), elle le flairait.

Le téléphone sonna.

Un instant, Juliette hésita à répondre.

Silencieux, le regard écarquillé, Horace paraissait l'implorer de ne pas décrocher. Juliette soutint quelques instants cette supplique muette. Le téléphone insistait. À présent ils avaient tous deux la certitude que l'autre avait lu la lettre. Refusant de laisser l'Inconnue s'immiscer dans leur couple, elle saisit l'appareil :

— *Allô ?*

— *Bonsoir, c'est Liberté.*

— *Ah !*

— *Je voulais vous avertir que je suis disponible demain soir, comme tous les samedis. Mais peut-être avez-vous d'autres projets…*

— *Non, non…*, répondit sèchement Juliette. *Nous allons au théâtre, comme tous les samedis.*

— *Si vous voulez que je vienne chez vous, je pourrais rester dormir, garder les enfants jusqu'au lendemain…*

— *Merci mais non, au revoir.*

Comme chaque soir depuis neuf ans, Horace siffla son scotch. Mais cette fois il le fit en montrant nettement à Juliette que ce rite — instauré par lui ! — l'insupportait.

— *Tu as passé une bonne journée ?* lui demanda-t-elle.

— *Oui, et toi ?*

— *Très bonne, merci. Ça sent bon dans la cuisine...*

Ces mots frigides, ronronnants, immondes de quiétude qui, pendant des années, avaient ponctué leurs retrouvailles du soir résumaient bien leur mariage. En d'autres circonstances, ils eussent eu la douceur de la tendresse, ce délicat parfum d'ennui qu'il avait tant chéri. Par le seul effet de quelques lettres anonymes, tout était changé. La vie courante était devenue une indécence, une succession de pratiques honteuses, de compromissions de petit calibre qui l'écœuraient. Brusquement, l'Inconnue apparaissait en creux dans toutes leurs habitudes. À chaque seconde, l'intransigeante accusait leur quotidien, soulignait combien ils veillaient mal sur leur amour. Absente, elle accaparait leurs réflexions. On ne rencontre pas impunément une passion intégrale. Exposés à cette démesure, Horace et Juliette se regardaient soudain comme des raclures avec leur sale bonheur.

Lorsqu'il fallut aller dormir, Juliette osa laisser la porte entrouverte — au cas où les enfants se réveilleraient — et commit le crime de saisir un livre. Alors, à bout, elle se sentit déchirée de colère contre cette Inconnue qui n'imaginait qu'un amour parfait. De quel droit cette gamine niait-elle la grandeur des soins qu'elle dépensait pour mijoter une vie de famille tendre et chaleureuse ? En quoi la répétition des gestes leur ôtait-elle toute beauté ? Sa condition d'épouse, sans vernis particulier, engluée de quotidien, accablée de rituels, n'avait-elle pas elle aussi sa noblesse ?

Absent, Horace lisait à côté d'elle dans le lit, sous un crucifix. La chambre était pleine de nuit froide, jusque dans ses recoins. Possédée par la douleur d'être incomprise, simplifiée par ce vertige, Juliette était pure de toute autre émotion. Indiciblement seule au sein de cette grande souffrance, rongée de suppositions, elle progressait dans la jouissance obscure que procure le malheur. La distance de son mari témoignait de ce qu'il ne voyait plus les charmes délicats de l'existence réglée qu'elle lui offrait. Cela se marquait jusque dans ses attentions qui étaient celles d'un père, non celles d'un amant. Horace apporta une tisane qu'il déposa sur sa table de nuit. Le baiser qu'il donna à Juliette sur le front fut vide de tout désir, tragiquement tendre. Le coup de grâce. Sans doute rêvait-il déjà de sa rivale. De toute évidence, si Horace l'aimait encore, il n'aimait plus leur amour.

Juliette n'avait plus le choix ; pour regagner son mari, elle devrait tôt ou tard céder aux ultimatums de l'Inconnue. Mais, contrainte de reculer, elle ne reculerait devant rien. Au risque de trop poivrer ses ragoûts.

7

Juliette ne cessait de sonder l'événement qu'était l'Inconnue. Au réveil, accablée d'interrogations, tout la dérangea : les enfants, les soucis domestiques, l'irruption criarde de sa belle-mère. L'horloge du lycée sonnait toujours pour lui donner des ordres, la rappeler à son métier de mère. Mais elle resta tout le samedi matin au lit, à se cogner dans ses pensées, à raisonner là où elle aurait dû sentir. Confuse, ivre de conjectures, elle prit des décisions dictées par l'angoisse et la fatigue nerveuse. Lasse, elle était pour ainsi dire au-delà du sommeil. Les mêmes idées, roulées par un esprit serein, eussent été bénéfiques pour leur mariage ; elles précipitèrent sa chute.

Il y a des instants où, dans l'inquiétude, les êtres oublient leur propre voix pour ne plus écouter que le discours des circonstances, le babil des incidents et des hasards qui prennent la parole de façon péremptoire, sans vouloir autre chose que le chaos. Recouverte par ce tumulte, Juliette en était là. Tout la traversait trop vite, sans que se forme en elle un point fixe, une pensée entière, sans que puisse se rassembler le noyau de son être. Ses désirs n'étaient plus que des réactions, une bousculade de réactions. Le trousseau de certitudes avec lequel elle était entrée dans le mariage ne lui était plus d'aucune utilité.

Avant toute chose, elle rappela la baby-sitter :

— *Allô ? Oui, c'est Madame de Tonnerre. Vous êtes toujours libre aujourd'hui ?*

— *À quelle heure voulez-vous que je vienne ?*

— *Nous partons vers quatre heures, vous pouvez être là ?*

Liberté donna son accord.

À seize heures, Juliette fit à Horace la surprise de l'enlever pour une destination inconnue ; la complète surprise car il n'entrait pas dans son personnage d'être déroutante. Au volant, elle lui noua un bandeau autour des yeux ; mais sa fausse gaieté, un rien frénétique, gâtait son entrain. Les plus belles initiatives sont sans grâce quand elles sont engagées sans plaisir. Inquiète, Juliette se noyait dans un infranchissable présent. Cependant, touché par cette idée, Horace feignit de ne pas remarquer son état ; il lui pardonna son excessive volubilité.

Ils partirent ainsi vers Bordeaux, pour rééditer leur voyage de noces. Rebelote l'amour champagne ! Il y avait du pathétique, presque du ridicule dans ce bis charmant, tant il venait trop tard. Juliette se savait insuffisante en amour, inapte à offrir du bonheur intégral, et cela depuis des années. Plus ils roulaient sur l'autoroute, plus ce coup d'éclat, si contraire à son tempérament, faisait contraste avec son époustouflante nullité. Son passé d'épouse avachie dans la routine, confite dans les plaintes, en ressortait comme souligné.

D'un naturel optimiste, Horace s'obligeait à croire en un sursaut provoqué par les lettres anonymes ; mais, malgré les apparences, Juliette s'enkystait dans un état d'esprit de victime, se vautrait dans des pensées ténébreuses. Prise dans la spirale du désastre, elle paraissait attendre le soulagement d'un cataclysme. Certes, elle tentait de réagir, mais sans joie, mue par le désir de se prouver qu'il était vain de se rebiffer contre le destin. Douée pour les complications, Juliette pervertissait jusqu'aux solutions qu'elle faisait mine d'inventer.

En arrivant le soir au Cap-Ferret, non loin de l'hôtel où ils s'étaient adorés neuf ans auparavant, elle lui ôta son bandeau. Il pleuvait de l'eau glaciale. Dans cette nuit mouillée, Horace reconnut les abords de l'endroit où, jadis, ils avaient su rencontrer le bonheur. Ce coup de théâtre l'émut vivement, mais la surprise suivante effaça son sourire.

L'hôtel de leur voyage de noces avait été transformé en maison de retraite, battue par les bourrasques. Plutôt que d'en rire, Juliette y vit le signe de son échec inéluctable. Sa bonne humeur de circonstance s'effondra. Inutile de godiller dans le romantisme. Les suggestions de l'Inconnue ne valaient rien pour elle. Acceptant par avance sa défaite, elle déborda de sanglots devant le portail. Il ne fut plus question de revisiter leurs anciennes voluptés.

Leur mariage avait besoin de chaos, plus que de repos.

Mais qu'allaient-ils faire de leur soif de désordre ?

En se couchant dans un motel fantomatique — le seul établissement où ils trouvèrent une chambre —, ils eurent un réflexe de parents qui était le constat d'agonie de leur couple : ils téléphonèrent à Liberté pour prendre des nouvelles des enfants. Ce soir-là, Juliette avait parlé en amante, mais pensé en mère.

—*Votre week-end se passe bien ?* demanda la baby-sitter, inquiète du bonheur d'Horace.

— *Non,* répondit Juliette.

Péniblement, Horace et Juliette s'obligèrent à s'aimer, sans un mot. Deux solitudes s'enlacèrent. Le mensonge de leurs caresses, de leur proximité distante, les blessa ; mais renoncer à cette jouissance factice eût été trop violent. S'ils couchèrent ensemble, il n'y eut personne dans le lit. Après s'être longtemps trouvés sous le poids de la vie de l'autre, Horace et Juliette se découvraient étrangers. Allongés dos à dos, ils *paraissaient* un couple mais ne l'*étaient* plus. Comme c'est laid un amour à marée basse.

8

Liberté savait que sa passion non diluée, pure de toute médiocrité, exerçait une incroyable force d'attraction ; mais elle n'était pas prête à se contenter d'une petite part de bonheur, achetée sans effort. Souffrir héroïquement était pour elle plus attrayant qu'une liaison ordinaire, d'où ne jaillit aucune ivresse. Liberté préférait une seule journée parfaite — où la gravité de ses sentiments serait vécue avec légèreté —, vingt-quatre heures abouties à un quart de siècle de bonheur factice.

Sa terreur était qu'Horace, épris d'elle, l'aimât sans y mettre un peu de génie, en commettant ces fautes d'amour qui à ses yeux étaient des crimes. Laisserait-il passer une seule journée sans lui masser la plante des pieds ? Au restaurant, serait-il assez scélérat pour répondre au téléphone sous son joli nez ? Oserait-il pénétrer dans sa salle de bains lorsqu'elle fignolerait sa beauté pour lui ? Aurait-il la veulerie de tirer la chasse d'eau alors qu'elle se trouverait dans la maison ? Serait-il suffisamment goujat pour s'absenter dans la lecture d'un magazine en sa présence ? Était-il capable de lui demander de la boucler pendant la durée du journal télévisé ? Aurait-il la vulgarité de ne pas la faire rire tous les jours ? Ces interrogations la criblaient de craintes.

Depuis qu'elle se cachait derrière des lettres anonymes, Liberté avait atteint par la douleur une forme de complétude. En retrait, sous l'emprise du manque, elle réussissait à maintenir ses élans dans un perpétuel paroxysme. Pas une seule de ses journées ne s'était écoulée sans fièvre. Si le destin voulait qu'elle se contentât de cette frustration presque voluptueuse, elle y consentirait. Entre sa passion virulente pour cet homme et un bonheur de convenance, Liberté avait tranché. Son petit laps de vie — car elle ne concevait pas de voir vieillir son corps et ses sentiments — devait rester une aventure exceptionnelle.

C'est ce qu'elle expliqua sans biaiser à son père, le week-end suivant, à bord de la montgolfière qu'il s'était procurée pour voyager sans vacarme. Mélomane, Byron ne tolérait pas les désordres sonores.

Fidèle à ses principes, Lawrence avait fait fabriquer une nacelle dotée de tous les raffinements qui lui convenaient : un piano de voyage incorporé dans les boiseries de la cabine, des tonnelets de cidre que l'on servait sous pression à l'aide d'un pistolet en cuivre, une machine à applaudir actionnée grâce à une manivelle (qu'il utilisait pour saluer les bons mots de ses invités, sans s'échauffer les paumes), une boussole qui indiquait Salzbourg, la ville où Mozart fut dépucelé, etc.

— *Mais si Horace n'est pas libre ?* objecta Lord Byron en jetant du lest.

— *Il est libre !* répondit sa fille en riant, alors que le ballon bondissait vers le ciel.

— *Tu m'as dit qu'il était marié.*

— *Oui mais il est libre... de rester marié ou non. Et j'aime sa liberté. Que vaudrait son engagement s'il n'était pas libre de me rejeter ?*

— *Que feras-tu s'il ne te choisit jamais ?*

— *Je ne sais pas qui sera le plus à plaindre... C'est difficile de vivre quand on est aimé par moi,* murmura Liberté.

— *Et s'il ne t'aime pas ?*

— *Je préfère aimer plutôt que d'être aimée. Si c'est mon destin, je l'accepte. Il me va. Ce plaisir me va.*

— *Cet homme a le double de ton âge...*

— *Un peu plus... et deux enfants en bas âge. Par-dessus le marché, il est mon proviseur et mon prof de philo. Il est marié depuis neuf ans. S'il m'aimait, il perdrait probablement son boulot, sa carrière serait brisée net. Moi je serais bien sûr virée du lycée. Qu'est-ce que j'oublie d'autre ?*

— *Ton bonheur, ma chérie.*

— *Tu ne vas pas t'y mettre toi aussi !*

— *Quoi ?*

— *Avec ce sale petit mot...*

— *Lequel ?*

— *Le bonheur.*

Liberté s'arrêta et ajouta :

— *Je ne veux pas me contenter d'une petite bouchée de bonheur !*

— *Réfléchis bien, mon amour...*

Penser ennuyait ses dix-huit ans ; Liberté préférait sentir. Aussi répondit-elle :

— *Qu'est-ce que j'y peux moi si ma vérité doit provoquer des désastres ? Si toutes les catastrophes permettaient à un amour fou de naître, alors je raffolerais des décombres ! La vie n'a pas le droit d'être décevante.*

Sous eux défilait le monde ordinaire : des villages peuplés de maris penauds, d'épouses pleurnichardes, d'enfants gloutons de rêves.

— *L'existence ne peut pas n'être qu'un coup de foudre...,* reprit le père.

— *Alors je ne tiens pas à vivre davantage. Une seule journée parfaite me suffirait... oui, une seule.*

— *Mais si Horace ne veut pas de toi !*

— *Ce sera lui ou personne d'autre.*

Lord Byron resta muet.

Ils disparurent dans un nuage.

Treize années de lectures venaient de s'exprimer. Une bibliothèque entière avait forgé cette âme inflexible, cette amoureuse athlétique, fille de Sophocle et de Racine. Dispensée de contrepoids intérieurs inclinant à la tempérance, Liberté n'avait pas la capacité d'être tiède. Elle aurait bien aimé puiser dans des ressources de médiocrité, se découvrir enfin apte au compromis ; mais sa nature lui refusait ce repos, la condamnait à l'inconfort d'être elle-même.

Fier de son enfant, à la fois comblé et dramatiquement inquiet, Lawrence lui demanda :

— *Que comptes-tu faire ?*

— *Pour l'instant, être heureuse... à ma façon.*

— *C'est comment ta façon ?*

— Je ne demande pas à l'amour de me guérir de ma solitude. Mes sentiments sont trop vifs pour dépendre de quelqu'un, même d'Horace. Le plaisir entre nous, s'il arrive, tant mieux... Mais le plaisir, ça va, ça vient, alors que mon bonheur illimité est là, pour toujours. Il est dans mon regard sur Horace, pas dans les péripéties de nos relations.

— Tu ne te sens pas seule ?

— Non, puisque rien ne peut me séparer de lui, pas même son absence.

— Mais enfin, dans ton lit le soir, toute seule, tu souffres forcément !

— Ça peut être délicieux de souffrir...

— Je t'ai élevée dans d'autres idées...

— Parce que toi, tu voudrais aimer sans souffrir ? Papa, si Horace devenait mon homme, je le léserais forcément un jour en le bornant avec mes propres désirs ; alors que là, dans l'ombre, je ne cesse de créer pour lui de l'espace, de la liberté. Je lui offre mon absence. Et puis... je suis vraiment heureuse de ce que j'ai depuis que je n'attends rien.

— Mais qu'est-ce que tu as ? Tu jouis de quoi ?

— De mon amour.

— Tu n'as pas besoin de le partager ?

— Tu sais, la plus petite déception me découragerait. La moindre dissonance avec mes rêves me ferait fuir. J'aimerais bien me contenter d'une histoire normale, apprendre à me résigner comme toutes les femmes, sagement, mais je ne sais pas. Je veux un amour considérable sinon rien.

Accablé par les chimériques attentes de Liberté, le père soupira :

— Tu es vraiment heureuse, ma chérie ?

— *À vrai dire… je l'étais et…*

— *Quoi ?*

— *Je supporte mal qu'Horace soit triste avec sa femme.*

— *Tu devrais pourtant t'en réjouir !*

— *J'ai besoin de son bonheur… avec ou sans moi. Tu comprends, papa, on n'a pas le droit de vivre petitement.*

Byron resta un instant silencieux ; puis, flairant qu'une marée de complications se préparait à monter, il demanda :

— *Mon amour… que vas-tu faire ?*

Silencieuse, Liberté lâcha du lest.

9

En décachetant la dernière lettre de l'Inconnue, Juliette retint son souffle. Le petit matin était encore pris dans la nuit froide. Oppressée, elle devançait sa journée. Depuis que Juliette subissait les jugements de l'Inconnue, elle se sentait dévaluée, en sursis. À bout, elle paraissait attendre la délivrance d'une issue claire, que se révèle enfin le secret de son destin. Mais le courrier du jour, sous des dehors pacifiques, promettait un avenir inextricable.

Ma chère Juliette,
je vous sais désemparée, mésestimant vos atouts, trébuchant dans de vaines interrogations. L'inquiétude que j'ai semée en vous me désole ; celle que j'ai fait naître chez votre mari me chagrine. Je pensais votre accord plus profond, le bonheur d'Horace moins friable. Force est de constater que les failles qui existaient dans votre intimité étaient des gouffres. Mes lettres n'ont pas créé entre vous de dissonance qui n'existât déjà, vous en conviendrez. Tout au plus ont-elles précipité des prises de conscience, révélé de sous-

jacentes douleurs. Tant d'inexprimé souillait votre amour, tant d'attentes inajustables le fragilisaient.

Mais je veux encore croire en votre couple, et vous aider à le restaurer. Après le désordre que j'ai causé, ou plutôt hâté, c'est bien le moins que je puisse faire. En premier lieu, je vais vous donner du temps, beaucoup de temps, si vous le désirez. L'heure est venue de tempérer vos réactions apeurées. Ne réagissez plus, agissez, je vous en supplie. Horace a besoin d'une femme qui ne doit se laisser gouverner par aucune autre. M'écouter ne saurait signifier se soumettre à mes vues. Retrouvez votre aptitude à déterminer votre conduite !

Par ailleurs, je voudrais vous voir prendre plusieurs jours de repos avec Horace, en un lieu qui n'inspire que des pensées vastes, dans un décor à la Shelley où les sentiments retrouvent leur élan naturel, où vivre n'est qu'un plaisir. Il s'agit de la demeure de mon père qui serait heureux de vous accueillir au milieu des volcans. La poésie anglaise du siècle dernier s'y ressent dans le moindre bosquet ; elle flotte dans toutes les perspectives.

Si vous souhaitez que je cesse de vous écrire, définitivement, accrochez ce soir à vingt-deux heures votre écharpe rouge à la fenêtre de votre chambre. Ce signe mettra un terme à tous mes courriers. Je me permettrai alors de vous communiquer l'adresse de la propriété où vous serez tous deux attendus, avec bienveillance, quand il vous plaira.

Ce soir, vous aurez — à vingt-deux heures, je le répète — le pouvoir de m'évacuer de votre existence. Usez de cette opportunité, si vous le souhaitez ; mais peut-être préférerez-vous que notre commerce se poursuive, s'il vous est d'un profit quelconque. Les épreuves sont parfois des *remèdes. Je vous laisse seule juge et m'en remets à vous pour veiller sur notre Horace.*

P.-S. : Naturellement, je lui adresse une copie de cette lettre. Si ma proposition de ce jour devait être la dernière, j'aurai agi jusqu'au bout dans la transparence, avec l'équité que je dois à celle qui a su, si longtemps, plaire à l'homme que j'aime.

Quand Horace rentra, le soir, Juliette lui lança :
— *Elle est effrayante !*
— *Pourquoi ?*
— *Si nous acceptons une seule fois d'entrer dans son jeu, on n'en sortira jamais. C'est le doigt dans l'engrenage. Il n'est pas question d'accrocher mon écharpe ce soir !*
— *Pourquoi ? Nous serions débarrassés de cette fille et...*
— *... et elle nous donnera l'adresse de son père, donc son nom.*
— *Et alors ?*
— *Je ne veux pas que tu saches qui elle est. C'est un piège.*
— *Pourquoi n'as-tu jamais envisagé qu'elle soit sincère ? Pourquoi lui prêtes-tu toujours des intentions troubles ?*
— *Oh ça n'a rien de trouble ! Elle veut clairement mon mari.*
— *Non, elle veut clairement le bonheur de ton mari.*
— *Bien entendu !* s'exclama Juliette.
— *Mais si tu continues à ne pas voir qui je suis, à ne pas entendre ce qu'elle te dit de notre amour, tu vas réussir à*

t'en faire une rivale, une vraie. Tu ne vois pas qu'elle nous laisse encore une chance ?

— Mais elle n'a rien à me permettre ! Aucune chance à me laisser !

— Cette fille, c'est notre dernière chance. Mais à présent il faut couper les ponts, avant que cette chance ne se transforme en piège. Elle nous le propose, faisons-le. Accroche ton écharpe ce soir.

— Demain elle posera d'autres conditions. Tu ne comprends pas qu'elle nous manipule ? Elle a décidé de nous séparer et elle y parvient, regarde : on s'engueule !

— Pas du tout, je suis calme.

— Eh bien pas moi. Avoue-le que tu aimes sa façon de parler d'amour !

— Oui.

— Et tu voudrais que je reste calme ? Mais va la retrouver, vis avec elle et tu verras bien ce que c'est que le quotidien avec ton ange de pureté ! L'absolu au petit déjeuner, tous les jours, quand vous vous brosserez les dents ensemble, on verra bien ce qu'il deviendra !

Cherchant à éluder toute occasion d'anicroche, Horace ne répondit pas. Les incessantes saillies de Juliette l'ennuyaient. Quand vingt-deux heures sonnèrent, à la cloche de la chapelle du lycée, il se contenta de tendre à Juliette l'écharpe rouge :

— Finissons-en, ma chérie.

—Tout à fait d'accord... mais en ne faisant rien, plus rien.

Ils avaient atteint ce moment pénible où les mots cessent d'être des amis. En ouvrant la bouche, on laisse alors s'exprimer des traîtres, des agents doubles.

Insurmontable, le langage provoque tout à coup un désaccord qui est plus sournois encore que celui des corps, une séparation de l'esprit qui ratatine les sentiments.

De l'autre côté de la cour, Liberté observait leur désarroi, entendait les éclats de leur mésentente. Jusqu'à présent, elle s'était sincèrement contentée de faire rayonner son amour sans rien attendre en retour. Agir directement lui eût paru déplacé. Et puis, Liberté était inquiète à l'idée de vivre un amour persistant, de le porter plus d'un jour au degré d'achèvement qui lui convenait. Prendre un bain de perfection, même s'il ne devait pas durer, demeurait le but de son zèle. Ses dix-huit ans la talonnaient.

Horace noua l'écharpe à l'endroit convenu ; puis Juliette la retira et sortit en claquant la porte. Incompris, il s'approcha de la fenêtre et, sans se dissimuler, fixa l'obscurité, ou plutôt celle qui, cachée dans l'ombre, avait mis tant de clarté en lui. Il savait que sa vérité était en face, de l'autre côté de la cour.

Disposé à souffrir de sa passion, étrangement calme, Horace ne supportait plus le confort d'un amour sobre, les médiocrités qu'il avait tant recherchées. Il avait soudain soif d'ébriété, d'imprudences délicieuses, d'amour léger. Au fond, songea-t-il, le mariage est la forme agréable de l'échec sentimental. Renoncer à une liaison hypnotique était au-dessus de ses forces. Toute sa nature bridée la réclamait. Comment peut-on mourir sans s'être donné en oubliant toute lucidité ? Aimer avec discernement lui parut un aveuglement.

Tous ces clichés gonflaient cet homme corseté depuis neuf ans. Ainsi va la passion ; elle donne de la superbe aux caractères flexibles, du souffle aux phtisiques et de l'altitude aux rampants. Seul devant sa fenêtre, avec son emploi à vie et ses rêves ressuscités, Horace de Tonnerre était de retour.

Juliette, elle, se savait arrivée au terme de son chemin conjugal. Dévorée par un sentiment cruel d'injustice, elle se trouvait soudain niaise d'incarner des lieux communs, des attentes pondérées ; et ce sentiment l'accablait. Mais à qui pouvait-elle confier son rêve d'une famille apaisée, de soirées pleines de sécurité, de repas sereins ? Quoi, n'y avait-il que du ridicule dans ses aspirations ? Était-on nécessairement ennuyeuse, dérisoire, d'aimer la quiétude, la ferveur sans éclats ? La petite musique du bonheur ne valait-elle pas toutes les walkyries ? Après tout, n'était-ce pas une autre prison que de s'enfermer dans une quête d'éruptions continues ?

Incomprise, niée dans ce qu'elle avait de plus beau, de plus tendre, Juliette pleura toute la nuit. Qu'y a-t-il de plus sévère que d'avoir honte de sa sincérité ?

10

Horace lut le courrier du jour en jouant nerveusement avec son alliance qui le grattait. Qui a dit que l'allergie est un langage codé, un morse, un prurit de l'angoisse ?

L'Inconnue parlait d'amour comme on tire à bout portant :

> *Horace,*
> *je vais être dure.*
> *Longtemps je vous ai confié à votre femme ; car je vous supposais heureux. Vous aviez l'air amoureux jusqu'à oublier tout le reste. Votre vie semblait ne retrouver son souffle que lorsque vous étiez l'un à l'autre. Cette illusion m'a quitté. Si vous aimez encore votre femme, convenez que vous n'aimez plus son amour. Votre tendresse pour Juliette, que je sais réelle, ne touche plus les zones profondes de votre âme, là où se forme votre vérité. Ses songes de sous-préfecture ne vous font plus rêver. Ses tristesses alanguies ne vous attristent guère. Ses envies bornées, si contraires aux vôtres, vous laissent écouter les miennes. Juliette*

partage votre existence en oubliant d'être à vous ; elle se donne sans se livrer. Son besoin de possession lui tient lieu de passion, sa jalousie de sentiment. Elle croit en l'icône de votre mariage plus qu'en vous et se moque bien de votre contentement. Tout vous désaccorde ; vos élans ne sont plus communs que par hasard.

Si cette femme avait su vous offrir l'amour effréné que mérite votre nature, je me serais tenue dans un perpétuel retrait. Mais je n'accepte pas votre incomplétude, la tristesse de votre commerce ; la vie n'a pas le droit de vous décevoir. Malgré vos affectations bourgeoises, je vous ai percé. Vous souffrez de ce qui me blesse : tout accommodement vous écœure, toute résignation vous indigne. Comme vous, je refuse que l'on puisse aimer sans exulter. Est-il sage de ne pas être déraisonnable, prudent d'exiger si peu de l'existence ? Est-il tolérable de piétiner quand nous pourrions danser ? Horace, nous sommes faits pour vivre un chef-d'œuvre, non cette pantomime à laquelle vous vous livrez dans les beaux quartiers de Clermont.

Vous le savez comme moi, ces mots promettent plus de chemins escarpés que de distractions. Il entre dans ce rêve une exigence exténuante, un esprit de guerre totale contre les engourdissements. L'opium des compromis n'est pas ma drogue.

Mais, comme le chante Bizet, si je t'aime prends garde à toi. Tu as encore la possibilité de prolonger le bonheur fictif de ton mariage. Tu peux continuer de négliger ton besoin d'émotions pures. Tu restes libre de te faire croire que cette défaite ne te conduira pas vers d'autres lâchetés ; car en maltraitant l'amour c'est bien le cœur de ton être que tu gâtes, au risque de pourrir tout le reste. Tu conserves le *choix d'esquiver ta nature et de te vautrer dans les conforts étroits de la renonciation.*

Si tu venais vers moi, aucune des complaisances que tu as eues envers toi-même ne pourrait se prolonger. Ton goût pour la grandeur, pour la gaieté, si contrarié par Juliette, si mutilé par la vie en demi-teinte qu'elle t'a faite, ne saurait demeurer en jachère. Je t'empêcherai d'être ordinaire, avec une constance dont tu n'as pas idée. Avec toi je veux un chef-d'œuvre, une journée au paradis, sinon rien.

Effrayé d'être si bien compris, Horace posa la lettre. Il sut alors que l'Inconnue ne lui faciliterait pas la tâche en lui révélant son nom ; elle entendait être découverte, délivrée de son anonymat. Mais que voulait-elle dire par *une journée au paradis* ? Horace ignorait encore qu'il y a des bonheurs insoutenables. À force de réviser la vie, de vouloir en abolir toute petitesse, Liberté avait oublié de troquer son idéal contre quelques rondeurs. Son programme restait anguleux.

En repliant la lettre, Horace retira son alliance qui le démangeait.

11

Le chef-d'œuvre d'une femme... Aux yeux de Liberté, cela ne pouvait être qu'un amour porté à son comble ; il n'y avait que dans ce souffle, par ce fanatisme, qu'elle pensait échapper à la déception de se reposer dans une existence où elle séchait. Les jouissances mitigées la révulsaient. Ah, briser la vitre qui la séparait des plaisirs entiers ! Des emportements sans frein ! En finir avec l'ignominieuse prudence ! Se laisser séduire par l'immédiat, méridionaliser chaque seconde ! Pour la fille de Lord Byron, échouer ne signifiait pas rater un homme, rompre ou être quittée ; sa seule vraie défaite eût été de perdre sa passion. Si elle devait se perdre dans sa passion, sa chute resterait une victoire.

Liberté ne souhaitait pas connaître les dérèglements d'une liaison pleine de tintamarre, mais qu'il y eût toujours entre elle et son homme, même dans les actes les plus ténus, une intention d'amour exorbitante, des gestes qui les connaîtraient par cœur. Tatillonne, elle entendait que leur moindre coup d'œil exprime du désir furieux ou de la connivence, que la joie d'être une amante éclabousse toutes ses initiatives. À cet effet, il ne lui paraissait pas nécessaire de bricoler des surprises à se pâmer. Tout acte, même à deux sous, lui semblait une opportunité d'aimer, de déclarer une guerre intégrale aux insuffisances de la vie.

Souvent, elle accomplissait une tâche en se demandant comment elle aurait pu loger dans son attitude une pensée d'amoureuse, ce quelque chose d'excessif qui permet de quitter le raisonnable. Actionner la chasse d'eau, par exemple, la plongeait dans une malaria de questionnements. Fallait-il la tirer, au risque d'avertir qu'elle venait de se soulager ? Ou devait-elle s'abstenir, et s'exposer au désagrément qu'il trouvât son urine fermentée au fond de la cuvette ? Était-il plus délicat de recouvrir la flaque jaune d'une épaisse couche de papier toilette ?

Faire une crotte, même menue, aggravait considérablement ces interrogations ; car il lui semblait inconcevable de se laisser regarder comme une créature trop terrestre. Sa bestialité ne devait se révéler que lors de circonstances bien particulières, pour attiser certains élans. Dans sa folie, Liberté était capable de se retenir de déféquer une semaine entière afin de paraître aux yeux de son amant totalement propre, exempte de vie intestinale, intouchée par les salissures que produisent les corps des maîtresses courantes.

Un autre point l'inquiétait tout autant : le fait d'être vue chaque matin dans le torrent amidonné de ses draps encore tièdes, échevelée, avant d'avoir pu retoucher son apparence. Liberté s'entraînait depuis des années pour se réveiller à l'heure souhaitée, dans l'espoir d'être capable, plus tard, de se lever un quart d'heure avant son homme, sans l'aide d'un réveil. Ces quinze minutes lui laisseraient le temps de rectifier sur son visage et dans sa chevelure les désordres du sommeil. Liberté n'acceptait pas l'idée de se montrer à son amant en deçà de sa beauté. Toute femme qui s'y résignait lui semblait scandaleuse, traître à sa passion, voire immorale.

Poursuivie par son exigence, Liberté s'habituait depuis l'enfance à ne pas avoir d'habitudes. Elle s'était toujours interdit de manger les mêmes aliments à chaque repas. Toute répétition d'un plaisir lui paraissait l'école de la facilité, donc du désamour. Chaque matin, Liberté ignorait quelle boisson elle prendrait pour le petit déjeuner. Céder à un geste automatique, ne fût-ce qu'une petite fois, l'inquiétait au plus haut degré. Elle espérait ainsi plier tout son être à une discipline bien raide qui la rendrait apte à rencontrer l'inouï, l'insoupçonné.

Le chef-d'œuvre de Mademoiselle Liberté... Son rêve despotique était modeste : connaître une journée parfaite avec Horace, une seule. Elle n'ambitionnait pas de couler une existence entière auprès de cet homme. Pourquoi se consumer à la pépère quand on a le goût des incendies ? Vivre un chef-d'œuvre qui durerait vingt-quatre heures lui paraissait inespéré.

Elle avait donc formé le projet de recommencer avec lui cette simple journée, pendant des années s'il le fallait. Son intention était de rectifier à chaque reprise les moindres négligences, de peaufiner jusqu'au délire un morceau de quotidien. Liberté croyait que la folie ne réside pas dans les grandes initiatives mais dans la démesure que l'on met dans les petites choses. Radicale, elle s'apprêtait à corriger sans fin la plus extrême des journées entre un homme et une femme ; sans fin, car elle n'était pas bien sûre que la perfection fût jamais atteinte.

Être heureux ou choisir de l'être... la fille de Lord Byron avait opté pour les chemins de la volonté. Mais est-il possible de vivre en achevant un sentiment ?

II

LE CHEF-D'ŒUVRE

1

Décharmée de tout, Juliette voyait s'écouler autour d'elle une vie migraineuse ; elle s'y sentait sans vocation, en surnombre. Inapte au bonheur complet, Juliette se découvrait entière dans le chagrin. Elle s'y noyait même en essayant tous les désespoirs. Avide de concerts, elle réclamait parfois à la musique de Rachmaninov ou à celle de Schumann un supplément de malheur. Téléphonait-elle à une amie ? C'était pour partager ses jérémiades avec une épouse hors d'usage, si possible humiliée, grande cliente comme elle des fabriques de kleenex. Experte en déchéances, gloutonne de chagrins, on la voyait en vedette à tous les enterrements.

Horace, lui, naviguait dans les régions de l'absolu désœuvrement affectif. Il ignorait chez qui déposer sa solitude, où placer son amour inemployé. Un vide affreux occupait son cœur. Il s'épuisait à chercher l'indice qui donnerait un visage à ses sentiments. En attendant, les tracasseries de son métier remplissaient le creux de son quotidien. Il consumait ses jours en réprimandes, en conseils de classe auxquels il faisait mine d'assister, en s'efforçant d'être transparent. Épris d'une femme irréelle, Horace existait à peine. Seul son manque d'elle le faisait encore vivre sa vie.

Parfois, il tentait de s'oublier devant la télé, en regardant des acteurs tricolores en noir et blanc ou des stars américaines qui exhibaient leurs fesses en version originale ; ou bien il réclamait à une partition de piano d'autres émotions que les siennes. Quittant sa tête bourdonnante, il se réfugiait alors dans ses mains. Les *Variations Goldberg* de Bach lui procuraient depuis quelques semaines une ébriété qui trompait son attente. Déconcentré devant son clavier, Horace en saccageait les beautés avec persévérance. Vide de toute musique intérieure, il ne trouvait plus aucune harmonie. De l'autre côté de la cour, les pensionnaires fermaient leurs fenêtres pour ne plus subir ces *Variations* offensées.

Les journées d'Horace et de Juliette étaient donc une somme de hasards qui méritaient à peine d'exister, de paroles absentes, d'attitudes indexées sur leur morosité. Ils ne recevaient de la vie aucun influx réel. Leur mariage ne cherchait aucun supplément d'avenir, pas le moindre rabiot de bonheur. Démentir leur union par des altercations ne leur venait même pas à l'esprit. Soigner leurs désaccords non plus. Économes, ils choyaient leur désamour par du silence. Chut ! La fin d'un couple ressemble parfois plus à l'envers de la passion qu'à son opposé.

Afin d'éviter le face-à-face du week-end, Juliette décida de passer les samedis chez sa mère, une garce détériorée par le fiel accumulé au fil de ses mariages qui, tous, avaient ressemblé à des duels. Russe, refusant très tôt que sa beauté fût nationalisée avec ses dessous et son rouge à lèvres, elle n'avait cessé d'exporter son sourire à travers l'Europe. En amour, les hommes n'ont jamais craché sur la main-d'œuvre d'importation. Le cerveau de cette Cosaque retirée à présent dans l'obésité et la médisance était un cagibi où fermentaient mille défauts. Sous l'empâtement, l'âpre Tartare demeurait alerte. Dès que du numéraire passait à sa portée, ses menottes potelées se refermaient dessus, avec un réflexe d'huître.

Cette échappée chez la garce présentait certes le risque de laisser la place à sa rivale ; mais Juliette avait besoin de hâter la crise qui tardait à se dénouer. Et puis, pour mordre dans le repos, même une petite bouchée, rien de tel que de récupérer son lit individuel et son cubage d'air.

Afin d'aider Horace, Juliette avait prié Liberté de la remplacer auprès de Caroline et Achille, du samedi matin au dimanche matin. Pas une seconde elle n'avait imaginé que l'Inconnue pût être cette jeune fille pleine de réserve, férue de politesse. S'absenter une nuit du lit conjugal lui était un réconfort. Juliette préférait les méchancetés recuites de sa mère au mutisme courtois de son mari.

Horace ne savait pas qu'il était sur le point de basculer dans des journées sans limites, tramées par une sensuelle immodérée. Les chimères de Liberté voulaient devenir des faits. Née pour les vertiges, incapable de refroidir plus longtemps son sang, elle entendait verser de l'alcool fort dans chaque instant, foncer au kérosène dans un destin superlatif. Désinfecter sa vie de toute médiocrité ! Pour elle, tout était possible. Aucun frein moral ou financier ne bornerait ses élans. Liberté était interdite de paix tant que sa volonté ne lui offrirait pas une journée inespérée ; le temps que leurs deux âmes se versent entièrement l'une dans l'autre. Vingt-quatre heures, c'était pour elle l'infini.

2

Le samedi matin, Horace ouvrit à Liberté. Aussitôt, elle retira son duffle-coat rouge sang. Il l'avait jusqu'à présent rencontrée dans l'agitation de sa classe ; il la retrouvait dans la quiétude sépulcrale de son appartement. Elle entra comme une lumière vive éclairant un tableau funèbre, s'avança svelte et légère au milieu de meubles pesants. Devant les fenêtres pendaient des rideaux fusillés par le soleil. Des meubles exténués — choisis par lui — gisaient dans le salon. Sur les murs mouraient les couleurs de papiers peints sans jeunesse. Cette baraque, c'était une succursale du Père-Lachaise, une extension du purgatoire.

Dieu que Liberté tranchait avec ce caveau de fonction ! Il paraissait sur sa physionomie tout l'éclat qui va avec la certitude d'être amoureuse. Un maintien plein d'élan, une gaieté droite. Liberté était disposée à aimer légèrement, à empoigner le bonheur. La grâce, parfois, n'est pas une séduisante tromperie ; lorsqu'elle jaillit d'une jouisseuse qui ne cherche pas à plaire, elle trahit la vérité d'une âme. Rien ne l'avait encore gauchie. Son regard, empreint de mystères qu'elle-même ne connaissait pas, était brutal comme le danger.

Un détail retint l'attention d'Horace : elle marchait nu-pieds.

— *C'est moi...*, chuchota-t-elle, en contenant sa bonne humeur.

— *Ah oui, bonjour,* fit Horace.

— *Non, c'est moi.*

— *Quoi vous ?* reprit-il.

— *Les lettres, c'est moi.*

— *Ah... que voulez-vous ?*

— *Un chef-d'œuvre, sinon rien.*

Un gouffre de silence s'ouvrit entre eux. Tout dans les yeux violents de Liberté disait que l'amour était pour elle la sérieuse occupation de sa vie, la direction dominante de sa nature, une urgence ; elle avait fait son stage de chasteté, son temps de rêveries. Horace sentit bien son empressement à aimer, sans saisir que ce n'était pas tant l'impatience des sens qui la talonnait que l'espérance de rencontrer bientôt la perfection. Aussi resta-t-il médusé quand elle ajouta, à voix basse :

— *Nos aveux me déçoivent. Je vous propose donc de refaire notre rencontre jusqu'à ce qu'elle soit prodigieuse.*

Devant sa stupeur, Liberté se mit à détailler sa sincérité :

— *Je ne peux pas me contenter d'une histoire perfectible... Je voudrais bien, mais je ne peux pas... En amour, ceux qui trouvent agréables les moments inférieurs au meilleur dont ils sont capables me paraissent perdus pour le meilleur. Vous me comprenez ?*

Liberté sortit avec son manteau, tournant le dos aux compromis dont s'accommode le tout-venant des amants. Il n'était pas question pour elle de tolérer des débuts en deçà de ce qu'ils pouvaient atteindre. Dès les aveux, leurs échanges n'avaient pas le droit de patiner, de subir l'outrage de la normalité. Mademoiselle Liberté ne savait pas aimer sur le pouce, accepter les petites griseries qui font l'ordinaire des maîtresses de rencontre.

Désorienté, habitué à se satisfaire de sentiments bâtards, Horace resta seul dans le hall. Alors, soudain, l'exigence radicale de cette jeune femme ralluma son tempérament, lui fit quitter la tranquillité bovine qu'il avait recherchée dans son mariage. Il comprit avec émotion que Liberté le priait de trouver sa grandeur, de défricher de suite ces terres intérieures qu'il avait si longtemps négligées. C'est beau une femme qui vous interdit d'être médiocre, qui vous désavilit en vous rappelant qui vous êtes.

On sonna à la porte ; Horace ouvrit.

À son grand étonnement, Liberté était déjà là, toujours vêtue de son duffle-coat rouge et nu-pieds. Inquiète, elle attendait tout de l'instant à venir qui, peut-être, crépiterait de trouvailles enfin dignes de leur expectative.

— *Je suis en retard...*, fit-elle en retirant son joli manteau.

— *Vous revenez déjà ?*

89

— *En me levant, j'étais impatiente, sans savoir pourquoi. À présent je le sais…*, murmura-t-elle, en le fixant avec gourmandise.

— *Pourquoi ?*

— *Vous me donnez envie d'être vraie…*

— *Vous aussi.*

— *Promettez-moi une chose.*

— *Oui*, répondit-il.

— *Si un jour vous tombez amoureux de moi, je vous demande de ne jamais me le dire. Jamais.*

Ému par cette fille qui, en une phrase, les emmenait à la lisière de la passion, Horace fit un pas vers elle. Déjà, ils étaient au bord de la tendresse, en chemin vers un baiser. Liberté recula nettement et, avec dépit, lâcha :

— *Non, ça ne va pas…*

— *Quoi ?*

— *Notre dialogue, ce qu'on vient de dire. Vous trouvez ça suffisant pour commencer un amour parfait ? Je me suis trompée… La sincérité trop rapide, c'est déplacé. Il aurait fallu un peu plus de mystère, davantage de sous-entendus. Vous ne pensez pas ?*

— *Qu'est-ce que vous cherchez ?*

— *Un chef-d'œuvre… sinon rien.*

— *Puis-je vous poser une question ?*

— *Oui.*

— *Pourquoi êtes-vous nu-pieds ?*

— *Par plaisir. Je fais toujours ce qui me fait plaisir…*

Sur ces mots, elle sortit de l'appartement en remettant son manteau. Quand reviendrait-elle ? songea-t-il aussitôt. L'absence de Liberté était déjà un événement, presque un manque. Mais que pouvait-elle entendre par un *chef-d'œuvre* ? À quelle perfection inédite faisait-elle allusion ?

Derechef, Liberté sonna.

Rompant toute réflexion, hâtif dans son envie de la revoir, Horace ouvrit.

— *Bonjour,* fit-elle en baissant les yeux.

— *Bonjour Liberté...,* souffla Horace.

Puis, se reprenant, il s'entendit dire de sa voix de proviseur :

— *Ma femme vous a laissé un mot dans la cuisine. Je crois qu'elle souhaiterait que vous emmeniez les enfants au bord du lac, pour la journée...*

— *Bien...,* répondit-elle, le regard obstinément vissé sur le sol.

— *Vous souhaitez que je vous conduise là-bas ?*

— *Non... merci.*

— *Je crois qu'elle désire également que vous jetiez les fleurs fanées, les roses blanches.*

— *Bien Monsieur.*

Les yeux de Liberté évitaient toujours de le rencontrer.

Gêné de s'adresser à un profil ou à un front, Horace l'arrêta :

— *Pourquoi regardez-vous ailleurs ou vos pieds lorsque je vous parle ?*

— *Quand j'évite votre visage, je contrôle mieux mon désir.*

— *Ah...,* fit-il en s'efforçant de diminuer sa gêne.

— *Ça ne vous dérange pas ?*

— *Non... non.*

— *Je pourrais avoir un verre d'eau ?*

— *Oui, bien sûr.*

Il la conduisit dans la cuisine et lui servit un verre d'eau minérale qu'elle assécha aussitôt. Les yeux collés au carrelage, Liberté murmura alors avec une timidité mêlée d'audace :

— *Lorsque je suis troublée, ça me donne soif...*

Tendant brusquement le verre vide, Liberté ajouta :

— *Je peux en avoir un autre ?*

Tremblant, Horace lui versa un second verre sans oser répondre ; elle le but aussitôt en fichant sa paire d'yeux dans les siens. Boxé par ce regard expéditif que tous subissaient, il resta groggy. Elle aussi fut remuée de l'avoir atteint. Tout était avoué. Liberté se ressaisit et lança avec tristesse :

— *Je suis déçue... les grands aveux doivent être simultanés. Et vous avez été moins inventif que moi pour dire les choses sans les formuler. Pourquoi ne faites-vous pas un effort ?*

— *Je suis un peu dérouté par la répétition... Habituellement, les choses ne sont dites qu'une fois.*

— *Habituellement...,* reprit Liberté avec tristesse.

Puis elle poursuivit :

— *Je voudrais que chacune de nos rencontres soit une autre première fois. Quand on est rempli de passé, on est sale. Alors, je sais, répéter cette scène peut vous paraître étrange, fastidieux même, mais on ne va tout de même pas se satisfaire d'un brouillon de rencontre !*

— *Non, bien sûr...*

— *La vie n'a pas le droit d'être en dessous de ce qu'elle devrait être. Vous ne trouvez pas ?*

— *Je me sens prêt,* dit-il avec résolution.

— *À quoi ?*

— *Voulez-vous qu'on se re-rencontre encore une fois ?*

— *Si ça ne vous dérange pas… C'est en corrigeant une scène, au fil des prises, qu'un acteur l'améliore… Peut-être qu'aimer vraiment c'est ça, répéter des émotions jusqu'à ce qu'elles soient enfin sublimes et spontanées. Comme au piano, il ne faut pas sentir le travail…*

Liberté s'arrêta et, furtive, ajouta à voix basse :

— *J'ai envie de vous aimer sans effort.*

Sur ces mots, elle sortit.

À nouveau, Liberté sonna, heureuse de savoir que cet homme la rejoignait d'instinct dans son ambition. Certes, elle le devinait dérouté ; mais ils s'aimaient du même amour, pas miniature, non, une fanfare d'appétits légers à vivre, rien à voir avec la corvée sentimentale que se tassent la plupart des époux.

Horace hésita un instant à ouvrir. Comment pouvait-il se montrer à la hauteur d'une attente pareille, se dandiner tout à coup dans le sublime, lui, si amoindri par des années de somnolence ? Traversé par une idée folle, il se précipita sur sa chaîne stéréo. La voix flexible de la Callas chantant Verdi inonda les lieux, fit trembler d'émotion les êtres et les choses. Le volume était si fort qu'ils seraient contraints de vociférer leurs aveux.

Horace ouvrit enfin la porte. Liberté pénétra dans la musique, affronta cette tempête de notes, toujours pieds nus et vêtue de son duffle-coat rouge.

— *Bonjour !* cria-t-il.

— *Quoi ?*

— *Je vous attendais !*

— *Moi aussi !* répondit-elle en forçant la voix et en ôtant son manteau.

Attirés par le raffut que produisait l'organe de la Callas, les enfants surgirent en pyjama, à l'autre bout du hall. Mais ni Horace ni Liberté ne s'en aperçurent, occupés qu'ils étaient par le perfectionnement de leur déclaration.

— *Je vous attendais depuis un quart d'heure !* poursuivit Horace, à tue-tête.

— *Moi depuis longtemps !*

— *Pardon ?*

Pour mieux se faire entendre, Liberté approcha ses lèvres d'une oreille d'Horace et hurla :

— *Depuis toujours !*

Sa voix, lâchée dans un silence inattendu, parut alors un beuglement qui fit sursauter Horace. Achille venait de couper le son. Caroline, sa sœur, demanda en serrant fort son doudou :

— *Pourquoi vous criez ?*

— *On joue ma chérie !* répliqua Horace, en tentant un rétablissement.

— *Tu joues avec Liberté ?* fit Achille étonné.

— *Oui,* répondit-elle, *les grands aiment bien jouer ensemble…*

— *On peut jouer avec vous ?* hasarda la petite Caroline.

Déséquilibré, Horace hésita un instant, et répondit :

— *Bien sûr…*

— *C'est quoi votre jeu ?* s'enquit Achille.

— *On joue aux hurlements !* lança Liberté en souriant.

Et elle cria très très fort :

— *Allez ! Tous au bain !*

Les enfants s'égaillèrent en riant vers leurs chambres.

Puis elle susurra avec froideur à Horace :

— *Un chef-d'œuvre, sinon rien. Alors ce sera... rien.*

Inaccessible, soudain très fermée, Liberté s'éloigna en lui marquant un parfait désintérêt, lui chipotant le moindre regard, comme si Horace avait été soudain rétrogradé dans son estime. Volontaire, elle préférait s'en tenir à une attitude distante tant qu'ils ne sauraient pas inaugurer leur amour par des aveux étincelants.

— *Liberté...,* lâcha l'obstiné.

Elle ne s'arrêta pas.

Horace insista :

— *Liberté, laissez-nous encore une chance... Sortez et resonnez.*

Elle se retourna, sentit que quelque chose d'inespéré pouvait se produire et évacua l'appartement sans rien dire.

Horace entrouvrit la porte et alla s'asseoir devant son piano.

Elle sonna.

— *Entrez !* lança-t-il. *La porte est ouverte !*

Lâchant ses mains sur le clavier, Horace entama l'aria qui introduit les *Variations Goldberg*. Les mesures qui la composent, si malmenées, voire asphyxiées, au cours des semaines précédentes, trouvèrent alors leur

95

respiration et leur plénitude à mesure que Liberté s'approcha de lui. Un autre son se fit entendre, délié, délicieusement libre, spacieux, impeccable. La seule présence de cette femme remettait dans la vie d'Horace assez d'harmonie pour qu'il sût naviguer avec légèreté et souplesse dans cette partition rigide. Au fil des variations méthodiques — qui augmentent graduellement l'écart entre les voix, comme dans un canon —, il trouvait en regardant Liberté une joie montante qui donnait du toupet à son exécution. Le thème s'élançait, surmontait l'effort, s'en affranchissait. L'amour, comme la musique, avait cessé d'être un labeur.

Liberté le sentit bien, elle qui avait subi pendant des semaines les répétitions d'Horace, sorte d'hémorragie du bon goût. Elle perçut nettement toute l'énergie que suscitait en lui le simple fait de poser les yeux sur elle. Par la grâce de Bach leur rencontre muette atteignait enfin au chef-d'œuvre. La passion se disait en notes. Et quelles partitions !

À la fin de la Variation 15, Liberté lui sourit, pour lui signifier qu'elle trouvait une part de ciel dans cet instant mélodieux, tout d'intimité recueillie, murmuré en *sol* mineur. Horace comprit que la scène de leurs aveux n'était plus à rectifier et se surpassa dans la Variation 16 qui a la vitalité triomphante d'une ouverture à la française. Écrit en *sol* majeur, son chemin mélodique criait leur accord, le soulignait avec éclat.

Sans ajouter de commentaire, Liberté partit se livrer avec les enfants à des jeux sonores dans la salle de bains. Provisoirement heureuse, elle disparut.

Jouant toujours Bach, Horace laissa une félicité solaire se former en lui. Puis, quand il eut terminé, Liberté réapparut avec les enfants enrobés de serviettes, auréolés de bonne humeur. Elle avait dans les bras des roses blanches fanées qu'elle avait dû dénicher dans la poubelle de la cuisine.

— *Je peux les récupérer ?*

— *Oui, bien sûr...*, balbutia Horace, en entamant la réexposition finale de l'aria qui clôt les *Variations*.

Alors, sans crier gare, dans la nuée de notes de Bach, Liberté secoua les fleurs au-dessus des enfants, créa pour eux un merveilleux désordre de pétales, une neige végétale qui se répandit dans tout le salon. La maniaquerie de Juliette, si vétilleuse sur l'agencement de ses meubles cirés, en eût souffert si elle avait assisté à ce spectacle. Ce qui devait être jeté aux ordures devint une féerie, un instant plein de rires et de poésie. Ce spectacle simple annula toute retenue chez Horace, lui donna envie de se grouiller d'être heureux, définitivement. Les enfants ramassaient les fragments de roses, les jetaient en l'air et tourbillonnaient dans ce nuage de pétales blancs. Le moment était presque parfait, trop fugace sans doute pour l'être entièrement ; mais Horace en ressortit convaincu qu'un accord illimité, immédiat, était possible avec cette jeune femme.

Alors, machinalement, il commit une faute, un geste rituel et tragique qui disait que son cœur ne savait pas encore s'élever à une altitude suffisante : il prit la télécommande et alluma la télévision pour ne pas rater les titres du journal. Le week-end, Horace avait l'habitude de s'avachir devant ce plaisir.

La gaieté vibrante, aérienne, de Liberté s'arrêta aussitôt. Le charme se rompit. Lui, dont les rêves étaient pourtant proches des siens, était donc capable de crimes contre l'intimité, de ces écarts vulgaires qui flétrissent tout. Son esprit venait de s'élancer avec une telle joie vers lui qu'elle en resta immobile, tétanisée d'horreur.

Horace croisa le regard glacial de Liberté, y lut son affliction, comprit aussitôt la gravité de son forfait et éteignit la télévision. Mais il était trop tard. Révulsée, obstinément muette, elle habilla les enfants au plus vite et disparut avec eux jusqu'au soir.

Horace demeura seul toute la journée. Le piano ne lui fut d'aucun secours. Toute harmonie l'avait quitté, à l'instant même où Liberté s'était éclipsée. Il tenta bien d'émouvoir une partition, de faire chanter une sonate, en vain. Horace ne parvenait qu'à infliger une correction aux morceaux qu'il déchiffrait. Alors il songea que cette fille était comme les chefs d'orchestre dont la seule présence permet aux grands ensembles d'exceller. Ces mages équipés d'une baguette agissent par télépathie ; leur ambition rend l'air conducteur de leurs envies. Liberté possédait un talent analogue. Il eut alors la certitude qu'elle était de ces femmes douées pour mettre en musique l'âme d'un homme. Sans elle, il resterait une cacophonie. Triste de l'avoir blessée, Horace partit se promener.

Quand il revint, vers sept heures, tout était changé dans l'appartement. En déplaçant chaque meuble, chaque objet, Liberté avait réinventé son salon, enveloppé d'immobilité depuis des années. Le passé éteint d'Horace se trouvait revivifié, lustré par un regard brillant. Rien n'avait été ajouté ni retranché, comme si elle avait souhaité lui signifier qu'il suffisait de changer de point de vue sur les choses pour les réenchanter.

Mademoiselle Liberté était ainsi ; elle parlait sans mots, criait en silence son goût pour le plaisir. Un air de fête planait sur les vieux meubles. Horace se sentait à la fois chez lui et chez elle, dans un chez-eux improvisé.

— *Rassurez-vous,* lui lança Liberté, *tout sera remis en place pour le retour de votre femme.*

Tandis qu'elle servait le dîner des enfants, Horace l'observa, nerveux, tenaillé par un affreux sentiment d'insécurité. Il craignait à tout instant de commettre un acte criminel, une erreur susceptible de la mettre en fuite. Le journal *Le Monde* avait été livré, mais il n'osait le parcourir. Allumer la télévision, naturellement, était proscrit. Aurait-il la vulgarité de se rendre aux toilettes en cas de besoin ? Non, la continence n'était pas négociable. Se remettre au piano eût également été une faute irréparable ; la répétition d'un plaisir, même grisant, n'est-elle pas le début de la dégringolade ? On ne le dira jamais assez : tout idéal est une tyrannie.

Alors Horace saisit un crayon, du papier et essaya de capter l'éclat de Liberté dans un croquis coloré. Il étudia l'énigme de sa beauté, recopia ses traits. Qui n'a pas dessiné la femme qu'il prétend aimer ne l'a pas vraiment regardée ; et qui ne l'a pas scrutée ne sait pas traduire l'éloquence muette de sa physionomie, ce que chuchotent ses airs. Liberté avait des yeux de comète, fous de pureté, jamais silencieux. Un nez bref, rigide, à faire carrière dans un destin volontaire. Des cheveux toujours en mouvement ; un brasier impossible à éteindre avec une brosse.

Plus il la dessinait, plus l'amour qui entrait dans son cœur rejoignait celui qui y était déjà. On n'est jamais trop plein de tendresse. Il n'y a que la haine pour déborder de nous. Le pastel à la main, Horace se remplissait d'une marée d'émotions, tanguait de plaisir. Un instant avant, il était encore un vaisseau sans fret ; à présent il se sentait lourd de désirs. Sur le Canson dégorgeait son admiration.

Quand les enfants furent prêts à se coucher, Liberté murmura à Horace :

— *Je ne ressortirai de leur chambre que si vous êtes prêt à me faire vivre un chef-d'œuvre ce soir. Ne frappez qu'à cette condition. Sinon… bonne nuit.*

Achille et Caroline embrassèrent leur père et se retirèrent avec elle. Horace resta seul, avec le croquis. Perfectionniste, Mademoiselle Liberté n'était pas disposée à passer une seule soirée bâclée avec l'homme dont elle raffolait. Chaque instant devait être un apprivoisement de l'autre, une manière d'inviter l'amour, de le laisser venir à son rythme. Mais qu'entendait Liberté par un *chef-d'œuvre* ?

Souhaitait-elle qu'il la frustrât de façon à lui donner davantage envie d'être culbutée ? Créer le manque, le cultiver jusqu'au délire plutôt que de le satisfaire, c'est peut-être ça aimer correctement l'amour. Désirait-elle jouir de la griserie d'être comprise sans qu'elle eût à détailler ses états d'âme ? Rêvait-elle d'être La Maîtresse qui le comblerait dans ses aspirations les moins avouables ? Devait-il l'inquiéter à tout instant ou la rassurer ? Espérait-elle qu'il l'entraînerait dans des affres qu'elle ne connaissait pas ? Attendait-elle d'être conduite vers des instants exceptionnels de vérité, vibrants à en chialer ? Voulait-elle tout simplement qu'il lui proposât sa propre définition d'un *chef-d'œuvre* ?

Cette dernière interrogation fixa sa pensée mobile.

À défaut de connaître les désirs de Liberté, il pouvait éclaircir les siens. De prime abord, Horace dut convenir que ses attentes amoureuses n'étaient ni tenaces ni très abondantes. Toujours il s'en était remis aux femmes pour dessiner les contours de ses propres envies. S'arrêter sur ses appétits l'intéressait moins que de satisfaire sa moitié. Il n'y avait là aucune générosité, mais plutôt l'effet d'une conviction étrange : Horace se croyait responsable de la complétude des femmes. Telle était la mission qu'il s'assignait, l'obsession que les Tonnerre écoutaient dans leur sang depuis plusieurs générations. Ce souci persistant, prisonnier des séquences de son ADN, occupait toute son énergie, au détriment de ses besoins privés. Il fallait qu'une fille le contraignît à se questionner pour qu'il le fît.

Que pouvait bien être un *chef-d'œuvre* amoureux aux yeux d'Horace ? Aussitôt, il s'effraya de s'être ainsi négligé ; attitude absurde, puisque au final il envoyait son mariage à la casse et fracassait Juliette, faute de s'être respecté plus tôt. Trop longtemps en veilleuse, Horace devait s'illuminer lui-même. Mais de quoi rêvait-il exactement ? Quels étaient les songes qui hantaient ses archives familiales ?

Une idée fixe lui tomba dans l'imagination : être tous les matins apte à regarder la même femme d'un œil surpris. Horace savait qu'avant de se lasser d'un amour, c'était toujours de son rôle d'amant dont il se fatiguait. Ses propres déficiences, les conflits répétés dans lesquels il s'entortillait le désespéraient. Allergique à toute répétition, obnubilé par le désir de rebondir toujours sur du neuf, Horace se désaimait plus vite qu'il ne désaimait. À défaut de se quitter lui-même, il se résignait alors à rompre. S'attacher à changer de point de vue sur une liaison était moins une façon de renouveler sa passion qu'une manière de se désennuyer de lui-même.

Mais quel jeu symétrique allait-il proposer à Liberté pour que, dès le premier soir, elle comprît que leurs espoirs étaient assortis ? À présent, c'était sa tournée. Il avait depuis des lustres quitté sa joie de vivre ; à moins que ce ne fût la joie qui l'eût quitté. Il n'y avait pas d'erreur de perspective : le bonheur, le vrai, c'était Liberté !

3

Achille et Caroline avaient déjà chuté dans le fond du sommeil quand Liberté aperçut une feuille, glissée par Horace sous la porte. Pressée de tirer de la vie mieux qu'une honnête mesure, elle s'en saisit et lut :

> *J'invite votre ombre à venir souper avec la mienne. Laissons nos vérités cachées, notre part d'ombre, faire connaissance.*

Que pouvait bien signifier cette proposition qui montrait qu'Horace, orienté vers les mêmes attentes, entrait au galop dans ses désirs ? Naturellement, le mystère que recelaient ces lignes taquina son impatience. Elle se savait manipulée ; mais, ravie de l'être, Liberté accepta l'offre. Inviter l'amour de manière romanesque flattait ses goûts polis par quinze années de lecture. Mademoiselle Liberté était bien fille de la bibliothèque de Lord Byron, autant que de son père.

Colorée d'émotion, elle revisita aussitôt sa beauté

devant un miroir. À ses yeux, il eût été criminel de négliger son apparence, même si seule son ombre était conviée à dîner. Ainsi révisée, prête à risquer sa vérité, elle poussa la porte qui donnait dans le salon. Les fenêtres béantes ouvraient sur la nuit aérée par un vent moelleux. Au milieu de la pièce, pleine d'obscurité tiède, un drap blanc avait été tendu. Il formait un écran de coton sur lequel frissonnait l'ombre chinoise d'Horace attablée pour un souper.

— *Je ne sais pas bien comment commencer...,* balbutia sa silhouette.

— *Mais ne commencez pas !* s'exclama Liberté, en s'avançant. *Poursuivez, ce sera suffisant...*

— *Pour l'instant, votre ombre me suffit. Approchez...*

Liberté prit place sur le siège qui lui était réservé, de l'autre côté de la table. Elle était tournée vers la silhouette d'Horace. Aussitôt, il alluma une lumière crue qui projeta l'ombre de la jeune femme sur le drap, agrandissant ainsi la beauté de ses traits. Le croisement des lampes avait été agencé pour que leurs profils se fissent face sur la toile. Les deux ombres immenses furent alors prêtes à dialoguer.

— *Vous êtes marié...,* commença-t-elle.

— *Oh si peu...,* lâcha la silhouette d'Horace dans un soupir.

— *Je voulais dire encore marié. Vous savez, il faut me prendre entièrement ou pas du tout. Vous n'avez pas le droit de me mener en bateau, ou plutôt en gondole. Mais vous pouvez encore me laisser... J'en mourrai c'est certain, mais ce n'est pas grave. Ce qui est horrible c'est de s'en remettre, vous ne trouvez pas ? Ceux qui guérissent d'un amour me répugnent...*

Sous le choc, heurtée par la précipitation de cette fille qui ne craignait pas de dégoupiller ses grenades, l'ombre d'Horace resta muette.

— *Je dis ma vérité, reprit Liberté, puisque c'est elle que vous avez invitée à souper. Quand me ferez-vous la surprise de me demander en mariage ?*

— *Dois-je répondre tout de suite ?*

— *Oui, mais les mots que vous allez prononcer doivent être sidérants. Sinon...*

— *Liberté, laissez-moi être sincère deux minutes...*

— *Deux minutes... c'est votre maximum ?*

— *Peut-on parler sérieusement ?*

— *Que faisons-nous d'autre depuis ce matin ?*

— *Avec ma femme, le feu d'artifice est tiré... depuis longtemps. Je couche près d'elle, pas avec elle. Nous...*

— *Oubliez ce « nous » et recommencez... Vous êtes époustouflant de nullité. Pour me demander en mariage, vous me parlez de votre ancienne vie !*

Puis elle ajouta quatre mots terribles :

— *Donnez-moi du plaisir...*

Essoufflé, Horace but un verre d'eau. Il était grisé par cette fille qui le sommait sans cesse d'être au-dessus de lui-même, de vivre pour ainsi dire sur la pointe des pieds. Seules de telles femmes vivent la vie, songea-t-il en la scrutant. Alors, sans trop réfléchir, Horace chuchota :

— *Serez-vous toujours avec moi comme si chaque seconde devait être la dernière ?*

Pour toute réponse, la silhouette de Liberté glissa

comme une onde sur le drap, s'approcha du profil d'Horace. Les lèvres fines de la jeune femme, dont les contours se découpaient avec netteté, se posèrent sur l'esquisse de celles d'Horace. Les deux ombres s'embrassèrent, mêlant leurs courbes pour ne plus former qu'un grand dessin mobile, une œuvre d'art en noir et blanc, un Picasso remuant. Mais la communion des peaux n'eut pas lieu. Leurs bouches décalées demeuraient séparées de près d'un mètre. Ce baiser engageait leur vérité non leur chair, pas même leurs sens. Un coup de vent fit frémir l'écran, mélangeant les silhouettes qui venaient de se trouver.

L'ombre gigantesque de la main d'Horace effleura alors celle de la joue de Liberté. Ils se caressèrent ainsi en se gardant de se toucher, avec une fièvre augmentée par la distance, jusqu'à ce que Liberté, transportée par ce délire des corps qui était celui de leur imagination, se mît debout et retirât son tee-shirt. Un cocktail d'envies et de voluptés se fit dans leur esprit. Elle se dévêtit alors jusqu'à révéler sur le drap le tracé de son corps nu. Ah, chasser enfin toute pudeur ! Dépasser la décence et le morne convenu ! N'être plus qu'un chien qui casse sa chaîne, un fleuve qui emporte ses digues, une mer haute qui montre ses flots, une paresse suractive !

Aux yeux d'Horace, cette fille stylisée n'était plus une femme mais bien toutes les femmes ; elle résumait son sexe, les greluches inaccessibles, les indéniablement moches, les émouvantes, les gourgandines vaniteuses et les succulentes à reluquer. En ombre chinoise, Liberté était toutes celles dont il aurait pu agréer les assiduités un jour, la foule des amantes de rencontre qui, avec appétit, l'eussent comblé de leur folklore sensuel !

À son tour, Horace ôta sa chemise, puis le reste. En demandant à leur image, projetée sur un drap, de faire l'amour en deux dimensions, de répéter des gestes, des abandons et des libertés qui viendraient plus tard, l'un et l'autre s'élancèrent dans un étrange voyage sensuel dont la peau, la salive et les odeurs étaient absentes. Ils s'étreignaient sans se prendre, humaient tous les plaisirs sans rien mordre, se possédaient en pensée. Cette répétition très graphique leur donnait le sentiment de minimiser le risque d'être déçu ; mais l'exercice, pour mental qu'il fût, était-il moins engageant qu'un corps-à-corps ? L'image, sur le drap, fut un chef-d'œuvre incontestable.

Horace allait prêter une troisième dimension aux ébats de leurs ombres quand Liberté retint son bras, trop hâtif, sur le point d'arracher le drap.

— *Non !* fit-elle.

— *Pourquoi ?*

— *Mais enfin, ce n'est pas moi que vous désirez...*

— *Qui alors ?*

— *C'est l'idée de moi, l'idée d'une femme, mon ombre projetée. Vous ne pensez tout de même pas que j'allais m'abandonner sur une méprise !*

— *Restez, je vous ai comprise...*

— *Si vous m'avez comprise, c'est que je me suis mal fait comprendre...*

La silhouette de Liberté s'éloigna, s'estompa et, enfin, s'abolit de la toile blanche. Perplexe, Horace entendit alors le bruit de la porte de la chambre d'amis qu'elle referma.

Chiffonné, il resta seul, humilié d'avoir été jugé décevant, riquiqui quand il se sentait un géant, exsudant le génie. Quoi ? Ne s'était-il pas engagé depuis le matin dans des initiatives qui leur faisaient respirer l'air raréfié des grandes liaisons ? Mais Liberté, têtue, toujours fastueuse, entendait que leur passion les fît entrer dans des expériences illimitées. Les roucoulades poétiques ne lui suffisaient pas. À ses yeux, l'amour était l'école de l'excès, l'occasion de ne pas stagner dans la banlieue de sa vie. Que ses exigences fussent inaccessibles lui importait assez peu. Mademoiselle Liberté était certaine de ne pas être née pour vivre du possible. L'idée même de patauger dans des émotions à sa portée lui donnait la nausée. Afin de s'échapper de l'ordinaire, il lui paraissait inévitable de risquer des sentiments vrais dans des moments factices.

Ratatiné, Horace ne savait plus comment tirer davantage de cette soirée ; quand soudain, après avoir séché un verre de scotch, il eut une idée qui, peut-être, ferait scintiller chaque instant. Modifier son regard sur Liberté demeurait son credo. Tenace, il griffonna une proposition sur un papier et le glissa sous la porte de la chambre d'amis.

Aussitôt, elle le lut :

> *Liberté, voulez-vous dîner nue ce soir avec moi ? Toutes vos vérités m'intéressent. Laissons de côté le jeu des apparences.*

Cet homme parlait le langage de la fille de Lord Byron.

Lorsqu'elle réapparut dans le salon, le drap avait été retiré. Horace l'attendait. Le mensonge de sa mise élégante ne le protégeait plus. Liberté découvrit soudain l'homme derrière le fonctionnaire policé. Son corps était celui d'un sauvage. Elle s'avança, sans tricherie, aussi nue que lui. L'événement de sa beauté le saisit. Enveloppée de lune, honnêtement bustée, Liberté s'offrait à la lumière des bougies. Tous deux levaient l'ancre pour la traversée de leurs vérités. Horace avança une chaise ; elle y posa ses fesses hautes. Le repas — un reste d'écrevisses accompagné de jambon de Parme — devint alors le face-à-face de deux timidités. Cette impudeur soudaine — alors qu'ils se connaissaient à peine — eut pour effet d'interdire que s'instaurent entre eux des relations fausses, habillées de convenances.

Le téléphone sonna. Qui pouvait bien les déranger à une heure pareille ? Horace laissa le répondeur se déclencher. La voix ironique de Juliette se fit entendre, tremblant de souffrance, donc venimeuse : « Je te rappelle que Caroline a rendez-vous lundi chez le dentiste à dix-sept heures, et je n'ai pas l'intention de payer la note ! Bonne soirée ! »

— *Si un jour vous me regardez avec indifférence, une seule minute, je vous demande de me quitter,* murmura Liberté.

— *Peut-être ne l'avez-vous pas noté mais nous ne nous sommes même pas encore embrassés !*

— *Le présent me fait peur quand il n'a pas d'avenir...*

— *Que cherchez-vous ?*

— *Comment font les autres femmes pour supporter des amours imparfaites ?*

—*Vous ne voulez pas souffrir ?*

— *Oh si... mais alors énormément.*

Il y a des circonstances où l'audace n'est plus un effort. La situation était si invraisemblable — Horace, quand il était vêtu, était tout de même le proviseur de cette fille ! — qu'elle leur permit d'essayer d'autres libertés. Après que leurs ombres eussent fait l'amour, ce fut au tour de leurs paroles de s'enlacer. Avec des mots soufflés, sans risquer le plus minuscule geste, ils se frôlèrent, osèrent des caresses verbales, voyagèrent bientôt vers des orgasmes cérébraux qui valent bien les autres. Jamais peut-être Liberté n'eut les seins plus gonflés, la peau plus affamée. Puis, haletants, toujours immobiles de part et d'autre de la table, ils soupèrent.

—*Vous ne mangez rien ?* lui demanda Horace.

— *Rien que vous n'aurez déjà croqué ou effleuré de vos lèvres.*

Obstinée, Liberté ne consentit à prendre que les nourritures qu'Horace avait entamées. Elle mangea ses restes avec ardeur, sirota le fond de ses verres. Enchantée, elle mordit les morceaux de pain de cet homme qu'elle n'avait touché qu'avec des verbes crus et des adjectifs suggestifs. Puis elle humecta son propre front en se servant de l'eau qui venait de le rafraîchir. Bizarrement, ces gestes leur parurent une intimité plus grande encore que celle de leur nudité.

— *Je vous fais peur ?* demanda Liberté.

— *Non.*

—*Vous avez tort.*

— *Pourquoi ?*

— *Quand nous serons ensemble, je ne me nourrirai plus qu'avec des aliments que vous aurez préalablement goûtés.*

— *Et si je vous quittais un jour ?*

— *Je mourrai. Mais vous pouvez encore reculer... À votre place, je le ferais. Je crois que vous n'imaginez pas encore ce que c'est que d'aimer entièrement...*

Sur ces mots, avec une sérénité explosive, Liberté prit un grain de raisin, le logea dans son abricot et le lui présenta en lui ordonnant :

— *Mords dedans.*

Effaré qu'une fille si tracassée par la pureté eût osé ce geste, Horace s'exécuta.

Liberté ajouta :

— *Un jour tu ne pourras plus manger que ça... Mais tu as encore la possibilité de reculer.*

— *Je ne recule pas car je ne te reconnais pas le droit de ne manger que ce que j'aurai déjà goûté. Je t'interdis de régner sur moi en me donnant sur toi des pouvoirs trop grands.*

— *As-tu aimé le raisin ?*

— *Il avait un goût dont je pourrai difficilement me passer...*

— *Il le faudra pourtant... Je ne veux vivre avec toi que de l'inédit ou des moments améliorés, rectifiés, toujours plus épicés.*

Illustrant ses propos, elle reprit un gros grain de raisin et le plaça là où il n'aurait jamais dû retourner ; puis elle fixa Horace de ses yeux clairs. Il en prit un autre et le pinça entre ses propres lèvres pour lui faire subir de molles pressions, tout en ne quittant pas les pupilles dilatées de Liberté. Les contractions de la bouche d'Horace, régulières, eurent rapidement pour effet d'émouvoir la jeune femme, d'augmenter l'amplitude de son souffle et d'en réduire la période. Les deux grains furent bientôt enserrés à la même cadence. Liberté retint enfin un cri ; elle eut un regard d'étoile filante. Le raisin mûr éclata entre les lèvres d'Horace. Le plaisir fut partagé.

Horace eut alors une envie urgente de la posséder, mais il craignait, en risquant une initiative banale, de la froisser. Mademoiselle Liberté exigeait à chaque instant la présence de l'inattendu. Il s'abstint donc, pour se tourner vers d'autres extases.

Remettant de la beauté plus que de l'ordre dans sa coiffure, elle se leva. Horace put apercevoir du jus de raisin qui descendait le long de sa jambe droite verticale. Il arrêta la coulée et, d'un doigt, remonta sa cuisse pour recueillir le jus sucré qu'il aspira dans une succion brève.

Liberté eut alors un geste qui autorisait d'autres privautés : tandis qu'il se levait, elle se colla contre le dos d'Horace, fesses contre fesses, symétrique dans l'attente. Ils étaient deux corps agrafés. Leurs nuques se cherchèrent. N'ayant rien de mieux à faire, ils disposèrent des lèvres de l'autre. Lugubre baiser, liquide mais trop clinique. Cette greffe de muqueuses molles, imparfaite, dénuée de toute fulgurance, leur sembla soudain une figure imposée.

— *Mieux…*, fit-elle.

Leur second premier baiser, tout neuf car il ne venait pas de la même intention, fut plus complet. Il engagea non leur bouche mais leur buste, dans une même ondulation musclée. Les épaules nues, les thorax se rejoignirent tout autant que les lèvres. La peau a parfois des urgences qui sont des impératifs. Au diable la syntaxe érotique !

— *Mieux...*, souffla Liberté.

Horace l'embrassa à nouveau pour la première fois. Oubliant ses précédentes tentatives, il cessa de raisonner pour engager la totalité de son envie d'elle dans une étreinte prolongée. Ses lèvres mangèrent sa bouche mais aussi, et de manière coulée, le pain d'épice de son visage, gobèrent ses yeux écarquillés et firent un festin de sa gorge. Effréné, il pérégrina ainsi sur sa face, avec conviction.

— *Mieux...*, chuchota-t-elle.

Aussitôt Horace se ressouvint qu'on n'embrasse convenablement une femme qu'avec les mains, en choyant sa nuque, en égarant ses doigts dans sa chevelure désorganisée. Le but est alors de vaincre l'esprit de l'autre, d'assassiner ce qui lui reste de conscience. Tout baiser véritable est une noyade. Liberté s'en trouva étourdie, rompue, presque heureuse.

Mais, toujours désireuse de donner et de recevoir un premier baiser qui fût un chef-d'œuvre, elle répéta :

— *Mieux...*

Essoufflé, Horace eut le cœur de récidiver, avec une candeur, un rien d'impalpable, d'aérien qu'il ne se connaissait pas. Son baiser suspendu, frêle, aquarellé pour ainsi dire, atteignit aux limites de la délicatesse. Il donna à Liberté le temps de désirer un supplément. L'attente, la demi-teinte maintenue, la rendit plus friande de lui. Se surprenant elle-même, elle le mordit ; une goutte de sang perla. Elle lapa aussitôt le liquide rouge.

— *Mieux...*, reprit-elle. *Je veux tous les baisers en un seul.*

Blessé, déboussolé, Horace ne savait plus que faire. Que pouvait bien être un baiser qui résumerait tous les autres ? Espérait-elle un baiser dans lequel il se totaliserait ? Un baiser qui serait le jet d'un amant de génie ? Cherchant parmi la cohue de ses embrassades passées, il ne trouva rien qu'il n'eût déjà essayé. À bout, il tenta de rééditer leur premier abandon en laissant leurs langues se chercher, se quereller, renouer, jouer au ping-pong, converser tendrement, puis durcir, afin que Liberté eût un aperçu de la gamme des agaceries qu'il avait déjà pratiquées. Il n'enfanta qu'un élan hybride, quelque chose qui n'était rien en voulant être tout.

— *Mieux...*, l'implora-t-elle.

Désemparé, Horace ne voyait pas qu'elle le suppliait de l'embrasser comme il n'avait jamais embrassé, d'annuler d'un coup les expériences entassées dans sa mémoire, le dépôt de toutes ses amours. Le chef-d'œuvre auquel Liberté aspirait ne pouvait surgir qu'en renonçant à toute intention. Un baiser qui ne permet pas de se perdre est un fiasco. Un baiser réussi, c'est de l'inexpliqué. Vouloir embrasser bien, c'est déjà rater son amour. Pour atteindre certaines cibles, il faut ne pas viser.

Exténué, abolissant toute habitude, Horace eut alors la chance, ou plutôt la grâce, d'embrasser pour la première fois. Enfin sentimental, il quitta ce qu'il savait pour découvrir ce qu'il sentait. Jamais peut-être il ne fut plus poète de sa vie qu'en baisant ce soir-là les lèvres de Liberté.

Heureuse, elle déborda de larmes joyeuses.

Puis Horace ajouta :

— *Pour ce soir ça suffira. Je crains qu'en poursuivant nous ne manquions d'inspiration...*

Inversant les rôles, il s'éloigna vers sa chambre sans lui faire l'aumône d'un regard. À son tour, Horace lui marquait son exigence. Liberté ne se rebiffa pas. Au contraire, elle parut charmée d'être insatisfaite plutôt que déçue.

Les heures qu'ils venaient de traverser étaient-elles de nature à combler Mademoiselle Liberté ? Non, bien sûr. Ils avaient tant à désapprendre ! Elle espérait de l'inespéré, désirait ce qu'on n'ose vouloir, attendait que leurs sentiments graves fussent plus légers encore à vivre. À ses yeux, les improvisations de cette journée ne formaient qu'un premier jet, une épure du chef-d'œuvre qu'ils connaîtraient peut-être un jour. Sans relâche, Liberté entendait retravailler leur émotion jusqu'à ce qu'elle fût conforme à l'idéal. L'ensemble avait manqué de jubilation, d'abandon ; trop de sérieux s'était aggloméré dans leurs initiatives. Il fallait davantage de pagaille, des ribambelles de fous rires !

Tout était à reprendre.

4

Au lever, Liberté s'adressa à Horace avec simplicité :

— *Votre femme, vous lui parlerez ce matin ou cet après-midi ?*

— *Hum...*

— *Je ne peux pas être votre maîtresse. Je le voudrais, je ne pourrais pas.*

Hostile à tout compromis, Liberté détestait les cartels amoureux ; la complaisance n'était pas son registre. Cramponnée à son idéal, elle ne concevait pas que l'amour fût compatible avec le plus minuscule mensonge. Horace, lui, imaginait fort bien l'inverse. Proviseur, deux fois père, rétif au paiement d'une pension, il n'oubliait pas sa position et connaissait l'enthousiasme relatif de l'Inspection d'Académie pour les batifolages entre enseignants et élèves. La dernière toquade d'un proviseur, fasciné par une Lolita au corsage moulé, s'était soldée par une sévère révocation. Peu sensibles au lyrisme frétillant de l'intéressé, les autorités académiques lui avaient déversé dans les oreilles un vacarme de blâmes. Horace ne savait comment justifier sa prudence ; quand Liberté ajouta :

— *Naturellement, ce que tu diras à ta femme doit être digne d'un chef-d'œuvre : tranchant, irrévocable, d'une férocité sublime. Toute hésitation, la moindre prudence me décevrait horriblement... Mais je sais que tu n'es pas homme à finasser, à négliger ce qui peut me combler, n'est-ce pas ?*

— *Cela va sans dire, mais...*

— *Mais quoi ?*

— *Rassure-toi, tout ça viendra bien assez tôt.*

Liberté entendit qu'Horace s'ouvrirait au plus vite à son épouse, se déboutonnerait sans tergiverser. Lui, moins tracassé par la perfection, pensa que les emmerdes obligatoires qui vont avec ce genre d'aveux surgiraient toujours trop tôt. Il se voyait bien biaiser un certain temps, sinuer dans des menteries confortables.

De retour de chez sa mère, Juliette pria Liberté de bien vouloir s'occuper des enfants jusqu'au soir. Lasse, prompte à récriminer, suintant la contrariété, elle ne se sentait pas d'humeur à les faire jouer. Liberté accepta, ravie de rester pour s'assurer qu'Horace parlerait illico à sa femme. Elle ne voulait pas rater LA grande explication, la grêle de reproches salés, les déferlantes de mises au point par lesquelles Juliette perdrait définitivement l'affection d'Horace. Liberté attendait qu'il fût non pas explicatif mais grandiose, voire caracolant, dans l'aveu de son amour tout neuf.

Exténuée — car la fatigue était devenue un pli de son caractère amolli —, Juliette s'enferma dans ses appartements avec Horace pour y prendre un bain. Aussitôt, Liberté voulut savoir si Horace en profiterait pour mettre les choses au clair. Ses habitudes de cambrioleuse honnête ne l'avaient pas quittée.

Rapide, elle vissa les enfants devant un dessin animé et ouvrit une fenêtre. Puis, en se faufilant sur la corniche, une large saillie qui courait sur la façade de pierre, elle atteignit la salle de bains. La fenêtre entrouverte lui permit alors d'entendre l'échange répugnant des deux époux :

— *Passe-moi le savon...*

— *Lequel ?*

— *Celui qui mousse.*

— *Et ta mère ?*

— *Elle a mal aux jambes... ses varices.*

— *Eh oui, les varices...*

— *Elle est mignonne, la petite...*, remarqua Juliette.

— *Laquelle ?*

— *Liberté...*

— *Oui, mignonne,* eut-il le front de répondre, d'une voix onctueuse.

— *Et bien élevée.*

Un chapelet de platitudes, des lâchetés en rafale. Au lieu de clarifier dare-dare la situation, Horace se dérobait, se tortillait dans la banalité, renâclait à faire parade de sa passion. Liberté en eut la nausée et en conçut une formidable colère. Quelle déflagration muette ! Entière, Mademoiselle Liberté ne tolérait que le scintillant, vomissait les prudences chantournées ; et soudain, elle voyait son amant sous un jour qui lui donnait un haut-le-cœur. Brusquement, le bel Horace se mit à cocoter la médiocrité, à sentir le mari.

Au sortir de la salle de bains, Liberté le cueillit :

— *Alors ?*

— *Ça a été dur...*, répondit Horace, sans gêne apparente.

— *Elle l'a pris comment ?*

— *J'ai commencé à lui parler, ce n'est pas facile... il faut me laisser un peu de temps... Pour le moment, elle refuse de comprendre. J'ai beau être clair...*

Avec une ironie succulente, Liberté lui ressortit alors mot pour mot le dialogue foireux de la salle de bains, une enfilade d'immondices : *Passe-moi le savon... Lequel ? Celui qui mousse. Et ta mère ? Elle est mignonne, la petite. Laquelle ? Liberté... Oui, mignonne...*

Horace resta blême, pétrifié de surprise.

Alors il trouva un mot inespéré, très esthétique, la seule bouée qui pouvait encore le sauver :

— *Merci.*

— *Quoi merci ?* répondit-elle, déroutée.

— *Merci de me renvoyer à ce que je suis en réalité, et à ce que je veux être. Je ne sais pas comment tu as surpris notre conversation, mais je suis heureux que tu l'aies fait. Tu es ma chance. Je parlerai à Juliette aujourd'hui même.*

Au déjeuner, Liberté précipita le repas froid, glacial même, pour laisser Horace et Juliette en tête à tête. Les plats furent ingérés en silence, mastiqués plus que goûtés. Au dernier claquement de mâchoires, Liberté fit déguerpir les enfants, les assigna au lit et, profitant de l'absence d'Horace et de Juliette qui toilettaient la cuisine, se dissimula sous la table de la salle à manger. Entêtée, elle était prête à moisir le temps qu'il faudrait sous la nappe.

De retour avec le plateau du café, Horace se décarcassa pour improviser quelques fadaises ; puis il ajusta des sarcasmes, histoire d'installer un climat d'aigreur, plus propice à se montrer tranchant ensuite. Difficile d'exécuter un vieux mariage, même à l'agonie, sans réchauffer d'anciens griefs. En toute chose, il faut des prémices. Mais Juliette laissa couler. Flexible et morose, elle paraissait désireuse d'éluder tout litige. Horace, lui, naviguait dans le vague, tirait des bords. Des sentiments composites se poussaient dans son esprit : une culpabilité qui lui filait la colique, la frousse de blesser Juliette, la terreur légitime de saboter sa famille et… l'envie de galoper au-devant de ses désirs, de rompre de suite avec une femme pour qui faire n'était pas synonyme d'agir.

Aux yeux de Juliette, l'attente était une activité, un plat de résistance, le silence un véritable langage. Vouloir une chose sans rien tenter pour l'obtenir ne signifiait pas que sa volonté manquât de muscle. Un désir sous clef restait un désir intact. Espérer était pour elle un verbe actif, parfois épuisant. Ne pas faire constituait une action athlétique, un mouvement indéniable. Ses seules certitudes étaient des rejets, jamais des choix. Cette fille, c'était le triomphe de l'hésitation, l'apologie du stationnaire, l'apogée du velléitaire ! Toujours elle avait souhaité qu'Horace apprît à fonctionner comme elle, en creux pour ainsi dire. Mais les aveux sans paroles et les enthousiasmes muets le rasaient. Plus généralement, cette façon d'être, sinueuse ou marécageuse, l'avait toujours horripilé. Il y voyait un manque d'appétit de vivre, une atrophie du désir. L'un était l'envers de l'autre plutôt que son opposé. Dans l'esprit d'Horace, dire les choses exigeait l'emploi de mots chocs clairement articulés ; clamer un désir vigoureux ne revenait pas à se la boucler !

Et voilà que, au moment de se séparer de Juliette, il découvrait que se dérober pouvait être aussi réel qu'un discours. Pas un mot décisif n'avait été prononcé ; et pourtant le décès de leur amour ne faisait aucun doute. Le mutisme d'Horace épuisait son énergie. Jamais dans sa vie une non-déclaration n'avait requis autant d'efforts, engagé une pareille émotion. L'événement intérieur de leur rupture le ratatinait entièrement. Certes, rien n'était encore explicite, mais les faits énoncés sont-ils plus vrais que ceux que l'on cache ? Dire n'est pas une preuve ; la véhémence ne ratifie rien.

Sous la table, Liberté ne voyait pas les choses ainsi. Démangée de pureté, elle avait l'impression très irritante qu'Horace ménageait ses arrières, s'exerçait à finasser, s'enlisait dans la lâcheté. Pour elle, *quitter* était un verbe sans zigzags, extraordinairement limpide ! Ou on le faisait ou on ne le faisait pas ! Enragée, elle lui mordit le mollet jusqu'au premier sang.

Horace étouffa un cri.

— *Qu'est-ce qu'il y a ?* s'enquit Juliette.

— *Rien,* eut-il l'aplomb de répondre, *je me suis brûlé avec le café.*

Horace leva le camp de suite et partit en boitant boire son café tiède dans le salon. Quand Juliette s'éclipsa, il se rua sur Liberté :

— *Je ne peux pas lui parler tant que je te sens autour de moi. Ce soir tout sera dit.*

— *De façon définitive ?*

— *Les ruptures sont, me semble-t-il, plus définitives que les liaisons...*

Le soir même, Horace reconduisit Liberté jusqu'à la porte et la ferma à double tour, avant de rejoindre Juliette. Diaphane de fièvre, elle s'était alitée. Sa vitalité était presque tarie. Sous une lampe verticale qui crachait dans la chambre une lumière blanche comme du sucre en poudre, Juliette invectivait sa mère au téléphone ; tout ce qui lui restait d'énergie avait l'air de s'échapper par le fil de l'appareil. Mais la Cosaque venimeuse était-elle le véritable motif de sa colère ? Brusquement, Juliette saisit un coupe-ongles sur sa table de nuit et sectionna la ligne téléphonique.

Juliette n'avait plus la capacité d'être flexible.

Ses yeux plissés paraissaient deux meurtrières. Plusieurs mentons fortifièrent soudain son cou qu'elle renfonça. Un air buté, ultime système de défense, acheva de cuirasser ses traits durcis. Elle ferma ses lèvres réservées, comme on verrouille un pont-levis. Juliette termina ainsi de se muer en citadelle organique.

Boutonné dans un pyjama amidonné qui lui faisait une armure de coton, Horace s'apprêta à se coucher.

Il était à présent certain de ne plus vouloir être annexé par Juliette, cette illettrée de la vie qui, depuis longtemps, avait cessé de le vivifier. Sourde à toute félicité, elle l'infectait de sa tristesse, l'accablait de ses jugements. Horace ne supportait plus de fréquenter ce tribunal. Mais comment trancher sans s'entortiller dans mille circonlocutions ? Comment casser leur mariage sans briser net son épouse ? Instruit par l'expérience de cette journée, Horace eut tout à coup l'instinct de vérifier sous le lit qu'ils étaient bien seuls.

Liberté, pugnace, se trouvait sous le sommier !

Par quelle astuce avait-elle pu se glisser dans cette cachette horizontale ? Son habitude de l'effraction la servait. L'esprit secoué comme un shaker, Horace faillit défaillir ; ivre de surprise, il tituba sur le lit. Sortant de sa fixité bornée, Juliette lui adressa alors un regard romantique — entendez qu'elle eut à cet instant l'œil flasque, ouvert au plus mince diaphragme ; puis elle annonça comme on crie victoire :

— *Mon chéri, je te quitte.*

Horace s'évanouit.

Ils se séparèrent ainsi, sans courant d'air.

5

Têtue, Liberté désirait rectifier sa rencontre avec Horace, l'améliorer sans cesse pour taquiner la perfection. Elle ne voulait pas lui faire une existence, seulement des souvenirs ambitieux, parachevés. Atteindre au chef-d'œuvre pendant vingt-quatre heures demeurait le but de sa malignité. Aimer sans tenter un amour idéal, fignolé jusqu'à la démence, lui paraissait un sort qui n'était pas une vie. Comment se supporter soi-même englué dans une réalité exiguë, tracassé de rêves inassouvis ? Comment tant d'êtres tolèrent-ils une destinée sans température, où l'amour est aimé avec si peu de fantaisie ? Les disques vinyles rayés la mettaient hors d'elle, tout comme les destinées obliques qui ratent leur but. Éprise d'invention, Mademoiselle Liberté était friande de redites inattendues.

La lettre qu'elle adressa à Horace en témoignait :

Samedi prochain, répétons nos aveux, rectifions-les dans un décor dont j'attends un effet précis. Soyez à dix heures du matin au 2 impasse Chateaubriand. La porte verte sera

ouverte. Prenez vos aises, comme si vous étiez chez vous.
Mettez les vêtements que vous portiez la première fois, et
pensez à apporter des journaux datés de ce jour ainsi que
des roses semblables à celles qui mouraient ce matin-là dans
un vase, pour que tout soit comme avant, en mieux. Le
passé n'est qu'un essai ; il ne tient qu'à nous de le retoucher
pour le rendre admissible. Les souvenirs ne décèdent que
lorsqu'ils n'ont plus d'avenir.

Résolue à se surpasser, à démultiplier ses initiatives,
Liberté avait hésité toute la semaine, dans un esprit de
frivolité : devait-elle improviser un samedi inédit ou
valait-il mieux réviser le menu du précédent ? Si la première solution présentait l'attrait du neuf, elle demeurait
plus aléatoire. La seconde, pleine de jeux, de rafistolages
savoureux et de perfectionnements eut sa préférence.
Pour surprendre, ne valait-il pas mieux être un tantinet
prévisible ? On ne déjoue un usage que s'il est établi. Et
puis, songea-t-elle, n'est-il pas ridicule de se rebiffer
contre toutes les habitudes plutôt que de perpétuer
celles qui ravissent en annulant celles qui fatiguent le
désir ? Au fond, un grand amour c'est une habitude dont
on raffole. Un accident régulièrement sublime.

Le samedi suivant retrouva donc Horace devant le
numéro 2 de l'impasse Chateaubriand, à Clermont-
Ferrand. Il portait la même chemise en voile de coton
que celle qui lui prêtait une élégance souple le jour de
leurs aveux. Tenant un opulent bouquet de roses
blanches par la taille, Horace sonna et, comme personne ne venait, poussa la porte verte qui ouvrait sur
un lieu aux dimensions singulières. Il en demeura coi.

L'hôtel de Cléry avait été construit au XVIIIᵉ siècle par le minuscule marquis de Cléry, affligé de nanisme. Cet hôtel particulier en réduction offrait tout le luxe des édifices du même type qui émerveillent Paris ; mais tout ici était aux mesures du marquis. Les proportions courantes se trouvaient diminuées d'un bon tiers. Le rabais était encore supérieur pour tout ce qui composait le jardin : des arbrisseaux côtoyaient des futaies de bonsaïs, les buis étaient aussi comprimés que des pieds bandés de Japonaises. Partout dégoulinaient des fleurs succinctes multicolores qui semblaient des miettes végétales. Les degrés de l'escalier à double révolution, agrafé sur la façade, étaient plus faciles à gravir que des marches classiques. Les grandes fenêtres, elles, paraissaient rapetissées. Quelques statues logées dans des niches représentaient des divinités naines, une Vénus d'un mètre douze, un Apollon bref, un Zeus courtaud qui défiait le ciel en brandissant des bras potelés.

Horace resta stupéfait devant cet abrégé du siècle lumineux.

— *Il y a quelqu'un ?* lança-t-il.

— *Entrez !* répondit une voix nasale qui venait de l'intérieur.

Horace pénétra dans un salon réduit — le plafond n'excédait pas un mètre quatre-vingts, il dut s'incliner — et se trouva devant un perroquet nain, assorti au lieu. La bête arc-en-ciel trônait au milieu de meubles frottés qui avaient l'air conçus pour des enfants de monarque. Le marquis de Cléry avait en son temps fait exécuter tout un mobilier à sa convenance qu'uti-

126

lisait la société lilliputienne qui fréquentait ce salon ; car aux alentours de 1760, il ne recevait chez lui que ses frères en taille. Les chroniqueurs rapportent que les seuls individus de plus d'un mètre cinquante admis dans cet hôtel étaient ses laquais et autres gens de maison, contraints de s'adapter. Cléry entendait que sa fille, également naine, grandît en croyant qu'être grand était une disgrâce qui ne frappait que les domestiques, ceux dont l'infortune est patente.

Dérouté, Horace s'assura qu'il n'y avait personne ; puis, en se baissant, il commença à distribuer sur des guéridons miniatures les journaux datés du 14 avril — anniversaire de leurs aveux — qu'il avait pu récupérer. Cela fait, il se mit en quête d'un vase pour les roses blanches presque fanées que Liberté l'avait prié d'apporter. Tout en les disposant avec soin dans une porcelaine de Saxe, sans les effeuiller, Horace se demandait quel *effet* Liberté attendait de ce décor insolite ; quand on frappa.

Il se retourna.

Elle était là, vêtue de son duffle-coat rouge, mêlée à son reflet derrière la vitre d'une porte-fenêtre. Leurs images étaient fondues. Aussitôt il comprit : amoureux, ils étaient tous deux des géants, inadaptés à l'univers qui les entourait. Dans cet endroit presque irréel, quelque chose existait soudain avec démesure : leur passion.

Horace entrouvrit la porte et, sans rien dire, fila s'installer sur le tabouret d'un clavecin pour jeune virtuose.

Liberté frappa à nouveau.

— *Entrez !* lança-t-il. *C'est ouvert !*

— *Entrez !* répéta le perroquet.

Elle poussa la porte et entra, pieds nus, comme avant.

Lâchant ses mains sur le clavier étroit, Horace entama l'aria qui ouvre les *Variations Goldberg*. Loin de se concentrer sur les premières mesures qui lui donnent sa respiration, il se laissa gagner par le bonheur énorme d'être avec cette fille qui exigeait son cubage de perfection. Comment avait-il pu rester si longtemps attelé à une épouse lestée de frustrations, occupée à établir la topographie de ses souffrances, méticuleusement recensées ? Horace exultait d'aimer à présent une femme à qui il n'arrivait que ce qu'elle tolérait qu'il lui arrive, capable de biffer tout ce qui interdit d'être éperdument heureux. Ah, quel vent frais ! Quel ravissement d'être fou d'une amante qui ne comprimait pas sa soif d'idéal, qui postulait pour le sublime ! Cette griserie aidait Horace à déglutir sa peine d'avoir fracassé sa famille. À nouveau, il naviguait avec légèreté et souplesse dans la partition raide de Bach. Au fil des *Variations*, ébloui par Liberté, Horace trouvait une joie montante qui prêtait de l'allant à son exécution. Le thème bondissait, surmontait l'effort, s'en délivrait. L'amour, comme la musique, avait cessé d'être une tâche, un col à franchir, pour ne plus être qu'une descente en roue libre.

Liberté sentit bien, à nouveau, tout le regain de vitalité que suscitait chez lui le simple fait de la caresser des yeux. Par la grâce de Bach leur rencontre muette atteignait pour la deuxième fois au chef-d'œuvre. Ils étaient rebelote des êtres d'éternité, saisis dans un marbre très pur. Leur amour se traduisait en partitions allégées, délestées de tout esprit de sérieux. Des grandes vacances allegretto.

À la fin de la Variation 15, Liberté lui sourit, pour lui dire qu'elle était aux anges qu'il eût simplifié le scénario de leur rencontre en répétant au plus vite ce moment réussi. Les tâtonnements de leurs premiers aveux ne méritaient pas d'être rabâchés.

La Variation 16, pleine d'exubérance, offrit à Liberté l'occasion de dire son plaisir avec des gestes : sans crier gare, dans la nuée de notes de Bach, elle secoua les roses blanches au-dessus du clavecin, créa à nouveau pour eux un tohu-bohu de pétales, une neige parfumée qui se répandit dans tout le salon. Mademoiselle Liberté mettait en tout un subtil coefficient de poésie. Éclaboussés d'harmonie musicale, de beauté et de fragrances, ils voyagèrent ainsi jusqu'au terme des *Variations*.

— *C'est moi…*, murmura enfin Liberté.

— *Quoi vous ?* demanda Horace

— *Les lettres anonymes, c'est moi.*

— *Ah… que voulez-vous ?*

— *Un chef-d'œuvre, sinon rien.*

— *Et ce lieu ?*

— *Il est disproportionné… comme ce qui nous attend.*

— *Chez qui sommes-nous ?*

— *Je ne sais pas.*

— *Naturellement…*

— *Quand je vole la clef d'une maison, je ne connais pas toujours ceux qui l'occupent.*

Horace s'arrêta un instant, saisi d'étonnement :

— *Ah… nous sommes donc en train de cambrioler cet hôtel particulier…*

— *… dont les propriétaires, des mécènes texans nains, ne devraient pas débarquer puisqu'ils habitent Dallas. Ils campent là-bas sur un gazon de dollars !*

Inquiet, Horace se leva.

— *Vous disiez ne pas les connaître.*

— *Les Raphelson ne fréquentent que des nains. Ces gens ont des principes…*

— *Bien sûr…*

Horace réfléchit un instant et résolut de recycler une réplique de Liberté, dont il se souvint opportunément. Tout en parlant, il commença à fermer les volets pour obscurcir ce décor qui les grandissait :

— *Si vous tombiez amoureuse de moi, je vous demande de ne jamais me le dire.*

— *Vous êtes d'une suffisance…*

— *J'ai horreur des filles qui s'entichent de moi trop vite.*

— *N'ayez aucune crainte, vous ne risquez rien !*

Puis, comme il continuait à clore les volets, alors que la matinée n'était pas terminée, elle l'interrogea :

— *Que faites-vous ?*

— *Je maîtrise le temps.*

— *Pardon ?*

— *Je connais un industriel qui, tous les mois, faisait deux aller et retour à New York pour ses affaires. Il a subi le décalage horaire jusqu'au jour où il s'est aperçu qu'à Manhattan il rencontrait surtout ses employés, des gens qu'il payait. Alors il a décidé de mettre tous ses salariés new-yorkais à l'heure parisienne, pour ne plus souffrir du jet lag ! Quand il arrivait là-bas, ses cadres se levaient à trois heures du matin, se bourraient de café, mettaient des vestes par-dessus leur pyjama et débarquaient dans son bureau où régnait un jour artificiel, comme dans un studio de cinéma.*

— Et alors ?

— Il est dix heures du matin et je souhaite qu'il soit vingt heures, alors je ferme les volets. Vous n'allez pas vous formaliser que je tente moi aussi de maîtriser la course du soleil ? Nous ne sommes plus à ça près...

— Vous n'avez pas peur...

— ... que les Raphelson nous surprennent en train de dîner nus dans leur salon ?

— Mais qui vous a dit que ce dîner particulier aura lieu ? lui lança-t-elle en laissant filtrer un demi-sourire.

Avant que sa phrase fût achevée, Liberté avait ôté son duffle-coat. Sous le manteau rouge, elle était entièrement nue. Son allégresse contagieuse donnait de la clarté à ses provocations, prêtait une grâce ébouriffante à ses airs sexy. Cette fille était le sourire franc et lumineux de la vie d'Horace ; elle appelait la jubilation sur le visage de qui la désirait. Si Liberté parlait la langue de son siècle, elle pensait en contemporaine de Voltaire. Toujours accompagnée des silhouettes de Valmont ou de Madame de Merteuil, elle se regardait comme la déléguée moderne de cette société de jouisseurs. Les semeurs d'idées libertines avaient partagé ses lectures. Le plaisir était son art, la surprise son arme favorite.

Aussitôt il fut vingt heures, en pleine matinée.

On alluma des bougies.

Horace et Liberté se mirent à dîner dans le plus simple appareil, frissonnant à l'idée d'être dérangés par les Texans atrabilaires, deux bilieux équipés de colts qui haïssaient les *grands*. Mais l'inquiétude, avec ses transes, n'est-elle pas un ingrédient indispensable pour réchauffer des heures romanesques ? Désireuse d'accorder du prix à chaque instant, Liberté n'entendait pas aimer douillettement.

Horace sortit d'un sac les plats qu'il s'était procurés chez un traiteur : les mêmes écrevisses, accompagnées d'un jambon de Parme tranché aussi finement que celui qu'ils avaient goûté la première fois. Comme elle ne touchait à rien alors que ses yeux criaient sa fringale, il s'en étonna :

—*Vous ne mangez pas ?*

— *Rien que vous n'aurez entamé ou effleuré de vos lèvres.*

Horace se souvint alors que Liberté, obstinée, n'avait accepté de prendre que les nourritures qu'il avait déjà croquées ou léchées. Ce préalable avait créé entre eux une intimité qui lui avait semblé plus troublante encore que celle de leur nudité. L'émotion revint.

— *Je vous fais peur ?* demanda-t-elle.

— *Non.*

—*Vous avez tort.*

— *Pourquoi ?*

— *Si nous devenions amants, je ne me nourrirais plus qu'avec des aliments que vous auriez préalablement goûtés.*

— *Et si je vous quittais un jour ?*

— *Je mourrais,* répondit-elle en souriant.

Horace fut alors démangé par l'envie d'innover, de pimenter le menu de cette soirée diurne — il devait être onze heures du matin — en tentant une manœuvre. Averti que l'on goûte davantage ce qu'il est difficile d'obtenir, il se tint sur la réserve :

— *Ma nudité ne doit pas vous laisser croire que vous obtiendrez de moi quoi que ce soit ce soir. Si je consens à vous serrer la main quand nous nous quitterons, ce sera le bout du monde...*

— *Qu'est-ce qui vous permet de dire que je souhaite autre chose ?*

— *N'insistez pas, je resterai de glace.*

Puis il ajouta, l'air de rien :

— *Il faudra vous contenter de me regarder.*

— *Vous êtes toujours aussi sûr de vous ?*

— *Si je le voulais, je vous séduirais en moins d'une minute, et vous le savez.*

— *En moins d'une minute...*

— *Oui, montre en main.*

— *Allez-y...*

— *Non, ce serait trop facile.*

— *Pourquoi ?*

— *Votre simple demande m'indique que vous l'êtes déjà.*

— *Quoi ?*

— *Séduite. Pourquoi voulez-vous qu'une femme qui ne serait pas déjà conquise me lance un défi pareil ? Non, vraiment, c'est trop facile... Je refuse de coucher avec vous, tenez-vous-le pour dit !*

— *Mais je ne vous ai rien proposé !*

— *Alors que faites-vous nue devant moi ? Vous aviez chaud ?*

— *Très malin…*

— *Pourquoi ne reconnaissez-vous pas avec simplicité que vous êtes folle de moi ? Absolument folle.*

— *Si je l'avais été, votre arrogance m'aurait refroidie.*

— *C'est une chance que j'aie eu la prudence de me conduire ainsi, avec suffisance, sinon vous m'auriez violé avant que j'aie pu terminer ce repas, et j'ai faim. Que pourrais-je dire d'autre pour vous retenir ? Je vous trouve timorée, sans audace, incapable d'assumer vos désirs, faisant des chichis à n'en plus finir au lieu de mordre crûment dans le plaisir. Votre tiédeur me consterne !*

Liberté lui saisit le menton et, sans réfléchir, l'embrassa.

— *Vous voyez*, reprit Horace, *il ne m'a pas fallu plus d'une minute !*

Liberté le gifla, escalada la table et fut aussitôt sur lui. Leurs nudités accolées réagirent de concert. Quel émoi sans innocence ! Trouver une posture ardente fut un réflexe, un emboîtement spontané ; leurs peaux avaient espéré si longtemps ce rendez-vous. Tout de suite, ils ne furent plus deux solitudes mais un couple articulé, plus deux épidermes mais un seul corps délié, exultant. Leur plaisir, si naturel, ne vint pas du bonheur qu'ils donnaient mais de celui qu'ils raflaient en s'offrant. Comme ça peut être concordant un homme et une femme ! Quand les caresses ne sont pas analphabètes, quand la chimie des baisers est réussie. Un précipité de sueur et de salive ! Sans s'attendre, en criant, ils sombrèrent ensemble dans une agonie provisoire.

Liberté n'était plus vierge, en moins d'une minute.

Qui a dit que la durée d'une étreinte en fait l'immensité ?

Il faut croire aux Princes car ils finissent par se radiner. Et merde aux sardoniques, à la cohorte des cyniques ! À tous les anguleux qui n'osent pas aimer l'amour ! Cette panique adulte, si brève, les laissa pantelants, essoufflés de complétude. Une sorte de moratoire universel venait d'annuler tous les soucis qui salissaient leur existence. Liberté rouvrit des yeux étoilés, dilatés de quiétude, rassembla sa conscience émiettée et se récapitula en relevant ses cheveux.

— *C'était bon... Et si c'était mieux encore ?*

— *Mieux ?* fit Horace, étonné.

— *Pourquoi ne pas revivre cette soirée en marche arrière, comme lorsqu'on rembobine un film, pour déceler ce qui pourrait être amélioré ?*

— *Mais... c'était parfait !*

— *Non... un plaisir peut toujours en cacher un autre.*

Et elle ajouta, sur un ton de gourmandise :

— *Essayons...*

Avec frénésie, Liberté le bâillonna d'un baiser. Sa première jouissance avait ouvert les écluses de ses instincts. Toute à sa concupiscence, elle cessa d'être une femme pour ne plus être qu'un corps, une somme d'appétits virulents. Son esprit se réfugia dans sa peau. Sa conscience s'abolit. Commandée par ses sens, elle murmura :

— *Viens, nous allons refaire l'amour pour la première fois... Mais cette fois, ce sera parfait !*

— *Que veux-tu faire ?*

—*J'ai une envie... très particulière. Insensée même.*
— *Quoi ?*
— *Dis-moi oui et ferme les yeux.*
— *Oui.*

6

Leur étreinte au galop fut un chef-d'œuvre.

Liberté n'avait pas menti ; son envie était bien particulière et le plaisir auquel ils accédèrent inégalable. Quel effet de souffle ! Élevée dans des principes épicuriens, rigides et libertaires, elle ne renonçait à aucune audace sensuelle. Jouir demeurait sa passion. Atteindre l'infini en aimant au-delà du licite était à ses yeux le seul chemin moral.

Comblée, Liberté était résolue à remonter le cours de la scène de leurs aveux afin de déceler ce qui, dans leurs initiatives, restait à perfectionner pour décrocher les plus hautes voluptés. Horace lui fit remarquer que le bonheur ne peut s'obtenir par effort, à force d'ergoter ; la vie ne s'amende pas comme un film que l'on rectifie au montage ! Mais elle parut révoltée par ce constat de résigné, qu'elle jugea avec sévérité. Les dix-huit ans de Liberté la brûlaient. À l'entendre, il fallait révoquer toute paresse, s'obliger à persévérer. Il n'était pas supportable de collaborer avec la médiocrité, de mener une existence sédative qui ne soit pas la vraie vie, un passe-temps métissé d'à-peu-près, sali de concessions. Merde ! Ils avaient mérité leur part de ciel, le droit de vivre mieux qu'un honnête brouillon !

La fille de Lord Byron voulait un *chef-d'œuvre*, sinon rien ; ce terme restait son leitmotiv.

L'idée de Liberté était certes farfelue — vivre une scène à rebours relevait de la bizarrerie de son père — mais son obstination à faire jaillir un plaisir sans concession dépaysait Horace des donzelles qu'il avait pu aimer, plus enclines à tolérer le rituel des jours gris, à se contenter de moments perfectibles. Touché par la gaieté pleine d'outrances de Liberté, il consentit à se lancer dans cette marche arrière qui lui parut un jeu sans risque ; il se trompait.

Elle lui donna un baiser succulent et eut un mouvement de retrait, comme sur une vidéo que l'on rembobine ; puis elle regagna sa chaise minuscule en reculant.

— *Vous voyez*, reprit Horace en reprenant également sa place à table, *il ne m'a pas fallu plus d'une minute pour vous faire craquer ! Mais je refuse de coucher avec vous, tenez-vous-le pour dit !*

— *Je ne vous ai rien proposé !* répliqua Liberté en remettant l'eau de leurs verres dans la carafe.

— *Alors que faites-vous nue devant moi ? Vous aviez chaud ?* demanda-t-il en souriant.

— *Très malin...*

— *Si je le voulais, je vous séduirais en moins d'une minute, et vous le savez.*

— *En moins d'une minute...*

— *Oui, montre en main.*

— *Allez-y…*

— *Non, ce serait trop facile.*

— *Pourquoi ?*

— *Votre demande m'indique que vous l'êtes déjà.*

— *Quoi ?*

— *Séduite. Pourquoi voulez-vous qu'une femme qui ne serait pas déjà folle de moi me lance un défi pareil ? Non, vraiment, c'est trop facile…*

— *Si j'avais été « folle de vous », votre arrogance m'aurait refroidie.*

— *Le fait que je sois nu ne doit pas vous laisser croire que vous obtiendrez de moi quoi que ce soit. Si je vous serre la main lorsque nous nous quitterons, ce sera le bout du monde…*

— *Vous êtes toujours aussi sûr de vous ?*

— *N'insistez pas, je resterai de… de marbre.*

Liberté s'arrêta, réfléchit un instant et déclara en changeant brusquement de registre, sur un ton net qui ne souffrait aucun contredit :

— *Ce dialogue était agréable… mais faible. Se tenir sur la réserve pour attiser l'envie de l'autre, c'est un peu éculé, non ? Et puis cette façon de me dire « en une minute ma cocotte je te règle ton compte »… Musset aurait rayé cette réplique, c'est certain. Goethe, lui, ne l'aurait même pas pensée !*

— *J'ai cru que ça t'amusait…*

— *Ce morceau de scène a eu le mérite de me faire céder, c'est vrai… mais il ne m'a pas donné de plaisir inoubliable. Tu t'en souviendras, toi, de nos pauvres petites*

139

paroles dans quinze ans ? Tout ça manque de poésie,
d'indicible… Je ne me sens pas dans un roman.

Horace reçut ce jugement comme une contestation de sa virilité. Un coup de revolver tiré à bout portant ne l'eût pas moins blessé. Corseté de fierté, il s'efforça de sourire et, sans laisser paraître son humiliation, suggéra une conduite différente. Avec tact, Liberté lui fit sentir qu'elle en préférait une autre, moins convenue, plus extraordinaire, en un mot risquée.

Ils l'essayèrent aussitôt.

Le moment fut féerique, digne des embardées de Lord Byron.

Liberté en ressortit étourdie de poésie, aussi heureuse qu'une héroïne subjuguée d'être créée par Shakespeare, à l'aube d'une tragédie sanglante. Horace en fut mortifié. L'initiative puissante ne venait pas de lui. Le ravissement complet de Liberté était la preuve même de son insuffisance. Pourquoi n'avait-il pas su improviser l'idée lyrique qui venait de la conduire vers une extase élisabéthaine ? Alors il fut pris de panique. Que devait-il oser pour flirter avec la perfection et dénicher enfin l'absolu dans cette journée ? Quels mots mettre les uns au bout des autres pour approcher l'inespéré ? Horace resta immobile, farci de désirs mais pétrifié par cette exigence mirobolante, craignant de démériter en risquant une nouvelle décision, de se révéler au-dessous de Sophocle et de s'en trouver médiocre. L'immensité de l'attente de Liberté lui filait soudain le trac.

Mais elle ne s'en aperçut pas et, radieuse, poursuivit cette remontée critique de la scène de leurs aveux en lui tendant le plat d'écrevisses, très entamé. Comme Liberté ne se servait pas alors qu'elle jouait l'affamée (elle venait d'en déglutir une douzaine !), Horace s'obligea à s'en étonner :

—*Vous ne mangez pas ?*

— *Rien que vous n'aurez entamé ou effleuré de vos lèvres.*

—*Vous ne vous calmez jamais ?*

— *Je vous fais peur ?* demanda-t-elle.

— *Non.*

—*Vous avez tort.*

— *Pourquoi ?*

— *Si un jour nous étions amants, je ne mangerais plus que des aliments que vous auriez d'abord goûtés.*

— *Et si je devais vous quitter ?*

— *Je mourrais.*

Liberté avait dit cela avec une vérité poignante, identique à celle des personnages de George Sand. La folie des auteurs les plus déréglés lui coulait dans les veines. Horace en demeura effrayé. Il n'avait plus devant lui une amante de ce siècle mais bien une Antigone. Le jeu n'avait été qu'un prétexte pour l'entraîner dans ses songes littéraires. Alors Horace comprit qu'elle pouvait effectivement décéder de tout cela, trépasser de l'arsenic qui exécute Emma Bovary, se suicider avec les mêmes balles que celles de Werther ! Mais si Liberté venait de Thèbes, du fond de l'Antiquité, Horace était originaire d'Aubervilliers. Bien qu'il eût le goût de l'excès, son sang n'était pas celui des Byron. Son père était instituteur et son grand-père postier. Certes, la langue de ses aïeux était celle de Molière, mais leur lyrisme était loin de celui de Corneille. Quand Horace parlait de passion, il ne concevait pas qu'on pût en crever comme au théâtre. Depuis que le cancer n'est plus un luxe, on trépassait chez lui de douleurs remboursées par la sécurité sociale, pas d'aimer.

— *Et si je devais vous quitter ?* reprit Horace pour s'assurer qu'il n'avait pas rêvé.

— *Je mourrais*, répéta Liberté.

Elle se leva et remit son duffle-coat rouge. Il se rhabilla également.

— *Qu'avions-nous fait ensuite, ou plutôt juste avant ?* reprit-elle.

— *Si tu ne t'en souviens plus c'est que ce n'était pas inoubliable, je le crains…*, répondit Horace, sarcastique. *Shakespeare aurait sans doute fait mieux, je sais…*

— *Non.*

— *Quoi ?*

— *Vouloir maîtriser la course du soleil pour dîner avec moi, c'était… parfait.*

— *Tu es certaine que Shakespeare n'aurait pas mieux fait ?* demanda-t-il en rouvrant les volets. *Liberté, au risque de paraître médiocre, je dois t'avouer que j'ai du mal à rivaliser avec le grand Will…*

— *Pourquoi ne te remets-tu pas au clavecin ? En empruntant le langage de Bach, tu parles divinement.*

— *Tu n'entends pas ce que je tente de dire ? Que ferons-nous lorsque nous aurons remonté cette scène jusqu'à son début ? Quand j'aurai joué les* Variations *à l'envers ? On repartira en sens inverse ?*

— *Oui.*

— *Pardon ?*

— *On repartira en sens inverse, c'est-à-dire à l'endroit,*
pour connaître une soirée quasi parfaite, puis on la revivra
en marche arrière car il doit bien rester quelques détails à
perfectionner. Puis…

— *Pendant combien de temps ?*

— *L'infini, tu connais ?*

— *Mais notre vie n'est pas un roman que l'on corrige !*

— *Comment crois-tu que naissent les chefs-d'œuvre ? Tu*
t'imagines que les pièces de Racine sont des premiers jets,
écrits au fil de la plume, sur un coup d'inspiration ?

— *Depuis que nous sommes arrivés dans cette maison,*
je me sens un nain ! Oui, assorti au décor.

— *Alors retourne avec ta naine.*

— *Ce n'est pas ce que je voulais dire.*

— *Moi si. Je n'accepterai aucun à-peu-près, aucun ins-*
tant en dessous de ce qu'il pourrait être ! Moi il faut me
prendre comme ça, ou pas du tout. Je ne veux pas me
contenter d'un demi-plaisir. Je ne peux pas.

— *Je t'aime.*

— *Ça ne suffit pas. Ce serait trop facile si l'amour*
suffisait ! Veux-tu être mon poème, mon roman ?

— *Ce n'est pas si simple…*

— *Oui ou non ?* reprit Liberté, inflexible. *Veux-tu*
connaître un chef-d'œuvre ?

— *Oui,* eut-il la lâcheté de répondre.

— *Tu es bien conscient qu'on ne devient pas virtuose en*
un jour ? Tu es certain de ne pas préférer ta naine ? Celle
qui supporte les brouillons…

— *Oui…,* lâcha Horace en regardant cette fille
lumineuse qui lui refusait son humanité, sa pauvre
humanité.

— *Tu ne vois rien ?*

— *Quoi ?*

— *J'essaye de te convaincre pour mieux me persuader...,* avoua Liberté. *Tu ne vois pas que j'ai peur ? Et si on n'y arrivait pas ?*

— *À quoi ?*

— *À vivre un chef-d'œuvre.*

— *Mais si, mon amour... on va réussir.*

Tout s'inversa. Liberté lui confia soudain que remâcher les mêmes mots la lassait, finissait par gâter son plaisir. Touché par sa détresse, Horace tenta de la requinquer, trouva une éloquence épique, des accents héroïques qui l'étonnèrent lui-même. Elle allégua alors que les actes qui visent à un but ont ce quelque chose d'intentionné qui les rend rigides quand les événements fortuits ont une souplesse délicieuse.

Liberté paraissait désemparée. Obstinée, elle ne faisait que tester l'adhésion d'Horace à sa quête tenace. Convaincue que l'amour est une pratique et non un sentiment, la fille de Lord Byron vérifiait qu'il était bien l'homme entier, intrépide, qui la ferait bientôt cingler vers son idéal, à force de rage et d'entêtement méthodique.

— *Peut-être manque-t-il un ingrédient ?* finit-il par hasarder.

— *Lequel ?*

— *Dans les pièces de Shakespeare, les amants ne sont jamais tranquilles, à se bécoter autour d'un pastis. C'est la peur asphyxiante, le risque qui donnent du prix à leurs étreintes.*

— *Ce soir, ou plutôt aujourd'hui, tu n'as pas eu peur d'être surpris nu dans le salon des Raphelson ?*

— *Ils habitent Dallas… c'est un peu loin.*

— *Donne-moi les clefs de ta voiture,* dit-elle avec un calme trompeur. *La perfection n'attend pas !*

— *Où veux-tu aller ?*

— *On refait la scène, tout de suite,* déclara Liberté.

— *Dans quel sens ?*

— *En marche avant !* s'écria-t-elle en lui volant ses clefs.

Les désirs de Liberté, jamais pesants, toujours baroques, ne connaissaient pas de différé. L'urgence était son pouls naturel, sa manière de vaincre les fautes de tempo que réserve la vie réelle. À mort les atermoiements ! Tout délai était pour elle un retard inexcusable.

7

Lorsque Liberté s'engagea sur l'autoroute en sens inverse, Horace crut qu'il était un personnage de roman. Exempté de toute pesanteur ! Le compteur affichait cent quatre-vingt-dix kilomètres à l'heure, tel un manomètre déréglé. La marée de carrosseries qui arrivait d'en face se ruait vers eux en klaxonnant comme on crie de terreur, tous phares écarquillés. Au gré des zigzags, la mort sifflait à droite à gauche. Des bourrasques motorisées les frôlaient à chaque seconde.

Nullement congestionnée, radieuse même, Liberté remontait avec volupté ce sentier mortel de bitume qui ondule sur quatre voies au milieu des volcans. Le soir rougeoyant était emphatique, gigantesque. Une éruption de soleil sanglant dégoulinait sur le paysage de ce département qui dévale sans fin sur les pentes des cratères. Elle enclencha une cassette sur laquelle le pianiste Glenn Gould se joue des *Variations Goldberg*. Rewind. Play. Jean-Sébastien Bach, une fois de plus, disait en notes tout le vertige de leur passion sans bornes. Et avec quelle énergie ! L'exécution jouissive de Gould accédait au chef-d'œuvre, ridiculisait le talent municipal d'Horace. Le moment était encore rehaussé, hissé à son sommet, enfin recevable par les oreilles critiques de la fille de Lord Byron.

Liberté dégustait chaque instant, comme s'il devait être le dernier ; ce qui était fort probable. Le péril flagrant lui procurait un supplément d'extase. D'un coup d'œil dilaté, elle fit comprendre à Horace qu'il devrait tôt ou tard atteindre le plaisir que manifestait Gould lorsque ses doigts éjaculaient des ribambelles de partitions. Seul ce coït musical lui paraissait digne de leur histoire, en un mot tolérable.

Loin d'être pulvérisé de frayeur, Horace se regardait donc comme un être fictif ; car il y a un degré de stupeur qui anéantit les réflexes et anesthésie le sens commun. Liberté était enfin parvenue à le décoller du réel, à l'incruster dans une succession d'instants cinématographiques. Quand, brusquement, la peur d'Horace fit surface et lui rendit son jugement. Il y eut un zigzag indécis. On passa à trente images seconde. Sa voiture érafla le rail de sécurité dans un vacarme de ferraille, rebondit sur la chaussée, esquiva une Mini qui paraissait un projectile et reprit sa course sur la bande d'arrêt. Le danger s'était dissipé avec une telle rapidité qu'Horace douta de l'avoir traversé. Mais son effroi, lui, était difficile à éluder. Son corps était possédé par un tremblement convulsif. Le manomètre dépassait à présent les deux cents kilomètres à l'heure.

— *Peut-être devrions-nous mettre un terme à ce manège récréatif ?* suggéra-t-il en affectant un air distancié. *Tout cela est un peu...*

147

— ... disproportionné. *Comme tout ce qui nous attend.*

— *Je te trouve bien optimiste ! Il me semble qu'en dehors d'un crash imminent, rien ne nous attend...*

— *Si, la suite de ce morceau de Bach...*

— *Je ne voudrais pas insister, mais cette voiture n'est pas...*

— *... pas à moi. Je sais, c'est moi qui t'ai volé les clefs !*

— *Tu connais le caractère du propriétaire ? Il n'apprécierait pas que...*

— *Chut !*

L'automobile kamikaze avait remplacé l'hôtel de Cléry et Glenn Gould s'était substitué à Horace au clavier. Pour le reste, tout était inchangé. Liberté avait à nouveau volé une clef. Elle était toujours nue sous son duffle-coat rouge. Le scénario perfectible était à même d'être rejoué, en marche avant.

Liberté saisit alors quelques roses blanches qu'elle avait emportées et, tout en conduisant d'une main solide, les effeuilla délicatement devant eux pour donner, grâce à cette pluie végétale, la touche de poésie qui faisait encore défaut à leur soirée. Rien n'était à négliger, surtout si le sursis que leur accordait le destin devait être brusquement révoqué ; ce qui pouvait survenir d'une seconde à l'autre.

Gould acheva enfin l'aria qui clôt les *Variations*.

Glacé de terreur, Horace proposa clairement d'interrompre ce jeu ; mais Liberté l'hypnotisa d'un sourire :

— *Que préfères-tu ? Ta peur ou la perfection ?*

Il hésita un instant. En face, dans leur ligne de mire, une calandre vaniteuse se dirigeait vers eux à la vitesse d'une balle de revolver. Horace ressentit alors pour la première fois l'exceptionnelle intensité d'amour que leur offrait cette roulette russe autoroutière. Quel séisme !

— *Que préfères-tu ?* répéta Liberté.

— *Un chef-d'œuvre,* répondit Horace, *sinon rien.*

—*Tu es certain ?*

— *Oui.*

— *En es-tu bien sûr ?*

La balle n'était plus qu'à trente mètres.

— *Oui,* eut-il le temps de souffler.

Liberté donna un coup de volant, effleura le bolide.

L'aurait-elle esquivé si Horace avait opté pour sa peur ? Dans sa déception, Antigone l'aurait sans doute condamné à mort. Qu'elle ait pu disparaître également dans la collision la contrariait fort peu. La mort aurait au moins prêté un peu de lustre à l'issue de leur passion. Cela seul la tracassait : ricocher sans cesse sur des événements incandescents, échapper à la vulgarité du prévisible, oser les plaisirs les plus romanesques.

— *Si tu tombais amoureuse de moi,* reprit Horace, *je te demande de ne jamais me le dire.*

Avant même qu'il eût achevé sa phrase, Liberté avait ôté son duffle-coat qui glissa sur le siège en cuir assoupli. Elle était nue, au volant de sa voiture qui remontait à rebours une autoroute désormais quasi déserte. Le torrent de véhicules s'était tari. Enchantée, pilotant d'une poigne pleine de sûreté, elle ajouta :

—*Veux-tu dîner nu ce soir avec moi ? Toutes tes vérités m'intéressent.*

149

En empruntant les propres termes d'Horace, Liberté venait de mêler davantage leurs esprits. Inverser les rôles soulignait leur sentiment d'être la moitié de l'autre. Fasciné par cette fille dangereuse, délivrée de toutes limites, Horace se déshabilla à son tour. Le mensonge de son costume de proviseur cessa de le protéger. Tous deux appareillaient pour la traversée de leurs vérités.

Le pique-nique qu'ils improvisèrent en roulant — un reste d'écrevisses qui provenaient de chez les Raphelson —, devint une fois de plus le tête-à-tête de deux timidités. Leur audace — ils étaient tout de même nus sur un lieu public ! — eut pour effet d'interdire que se créent entre eux des relations de surface, habillées de convenances.

Elle le dévorait de ses pupilles gloutonnes sans faire de mal aux écrevisses. Aussi Horace lui demanda-t-il :

— *Tu ne manges rien ?*

— *Rien que tu n'auras déjà croqué ou touché de tes lèvres.*

Liberté lui tendit une queue d'écrevisse qu'il entama d'un coup de dent. Elle consentit alors à manger le reste. Puis elle présenta un morceau de pain à Horace. Il le mordit ; elle le termina. Ces gestes répétés, désormais ritualisés, leur semblèrent une intimité plus troublante encore que celle d'une étreinte.

— *Si un jour tu me regardes avec indifférence,* chuchota-t-elle, *je te demande de me quitter tout de suite.*

— *Liberté, nous ne nous sommes même pas encore embrassés ! ?*

Liberté prit une cerise qu'elle appliqua sur la bouche d'Horace ; puis elle déposa un baiser furtif sur la marque laissée par ses lèvres, avant de sucer le fruit. Naturellement, leur vitesse excédait les deux cents kilomètres à l'heure.

— *Quand nous serons ensemble,* dit-elle avec gaieté, *je ne me nourrirai plus qu'avec des aliments que tu auras déjà goûtés.*

— *Et si je devais te quitter ?*

— *Je mourrais,* répondit-elle en recrachant le noyau.

Liberté avait dit cela avec une tranquillité extraordinaire qui l'effraya. Elle prononçait les mots les plus excessifs sans ciller. Traverser le mur de la mort lui semblait moins pénible que de se cramponner à des demi-solutions.

Une voiture, bondissant du fond de l'obscurité, faillit les exécuter. Ses phares perçaient la nuit de campagne comme des faisceaux guidant un missile. Le sifflement lugubre augmenta, se dilata brusquement. L'impact fut évité de justesse. Seul le son parut les percuter.

Sursitaire, Liberté ne trembla pas. Périr aux côtés de son amant parmi les étincelles lui apparaissait comme une fin estimable, rêvée même.

— *Et si je devais te quitter ?* reprit Horace pour s'assurer que tout cela n'était pas un songe.

— *Je mourrais,* répéta Liberté. *Mais avant je voudrais que nous refassions l'amour pour la première fois...*

— *Dans cette voiture ?*

— *J'ai une envie... très particulière. Totalement folle.*

— *Quoi ?*

— *Dis-moi oui et ferme les yeux.*

— *Oui.*

Leur acrobatie fut un second chef-d'œuvre.

De façon singulière, ils refirent l'amour pour la première fois, et peut-être pour la dernière. La vitesse augmenta avec l'extase. Au moment de l'orgasme partagé, la béatitude leur fit négliger le peloton de véhicules qui venait en sens inverse. L'accident ne put être différé. La petite mort leur entrouvrit les portes de la grande.

La voiture partit en soleil.

Celle d'en face s'éclipsa sans dommage.

8

Quand Horace se réveilla, gisant sur un lit d'hôpital, Juliette se trouvait près de lui avec son serre-tête de velours. L'œil en veilleuse, embrumé de douleur, il la voyait prête à pleurer de fidélité sur son pyjama. Elle jubilait de retrouver ses gestes d'infirmière, cette posture de saint-bernard qui avait plu à Horace neuf ans auparavant. La fenêtre, asphyxiée par les volets clos, admettait assez de clarté pour qu'il pût détailler son inquiétude photogénique et son masque de gravité. Pavoisée de perles, la mine crépusculaire, les yeux semblables à ceux d'un hareng mort, notre ingénue se délectait en secret de la catastrophe effleurée. La perspective d'un drame, avec son lot d'hyperboles et d'effusions larmoyantes, l'avait toujours grisée. Compatir la revigorait. Seule la nostalgie la comblait. Ah pleurnicher mille regrets ! Geindre jusqu'à plus soif ! S'épanouir dans la jérémiade !

Je hais les victimes, songea Horace.

Forte de sa qualité de femelle légitime — position qu'elle souligna trois fois —, Madame de Tonnerre vitupéra le personnel indocile, trop flâneur ou étourdi ; tout était prétexte pour dire qui elle était encore. Au bord du gouffre du divorce, la rousse se retenait à son statut de conjointe par l'auriculaire, ou plutôt par l'annulaire. La nausée gagna Horace. Rien qu'en regardant cette épouse de métier, édifiante, il eut un haut-le-cœur matrimonial.

Chapeautée comme pour une noce stylée, Juliette était habillée de façon si guindée qu'elle semblait vêtue d'adjectifs désuets, attifée d'épithètes démodées. D'une main gantée, elle humecta le front d'Horace avec des gestes de mère et des soupirs de catéchiste. Chacune de ses attentions puait la compassion vertueuse, cocottait la *femme-admirable-dans-l'épreuve*. Dans le couloir, la mauvaise humeur de sa mère tombait sur leurs enfants. Horace entendait ses aboiements rituels et son pas lourdaud. Ce démon en jupons ne s'exprimait que par férules. Le tableau était complet. Après le champagne et les alcools durs, l'anisette familiale, le mousseux des réunions claniques. Cette pauvre Juliette n'avait jamais su ce qu'était l'ivresse. Si jeune et déjà rance.

— *Au lycée,* lâcha-t-elle sur un ton d'héroïne de Mauriac, *je n'ai pas dit que vous étiez dans la même voiture. Rien ne se saura...*

Et elle ajouta, gaullienne :

— *Tout va rentrer dans l'ordre. La chienlit, c'est terminé.*

— *Liberté... est-elle vivante ?* marmonna Horace.

— *Chéri, tout va rentrer dans l'ordre.*

— *Est-elle vivante ?* s'insurgea-t-il.

— *Cette petite garce n'a eu qu'une entorse. Mais que faisait-elle, nue, au volant de ta voiture, en sens inverse sur l'autoroute ?*

— *Nous faisions l'amour, à deux cents kilomètres heure.*

—*Ah… à deux cents kilomètres heure ?*

— *Oui. J'aime les excès de vitesse.*

Tout était dit.

Comme une filiale indolente attrape le rythme de son actionnaire, Horace était devenu aussi rapide que Liberté. Jadis plein de précautions, de politesses guindées et de louvoiements chafouins, il avait adopté la netteté de langage de la fille de Lord Byron, toujours prompte à dégainer. Terminé les attitudes patelines !

Juliette remballa son chapeau fleuri et décampa. Elle irait désormais cultiver ailleurs le serre-tête en velours noir et la jupe plissée. Le come-back de la rousse plaintive était raté.

Mais qu'allait-il devenir ?

Attaché à son goutte-à-goutte, Horace songea que cet accident l'avait réveillé de son rêve d'idéal. Il ne pouvait plus perpétuer sa liaison avec Mademoiselle Liberté, toute flambante d'ambitions qui le mèneraient tôt ou tard à la morgue. Ce choc avait prononcé l'arrêt de leurs folies. Mais, dans le même temps, Liberté lui avait fait goûter une pureté originale, pimentée de plaisirs virtuoses, et il ne se voyait plus stagner dans une liaison quelconque. Comment réintégrer une vie rampante quand on a respiré l'oxygène des cimes ? Était-il même possible d'effacer une amante qui savait si bien entretenir l'émulation sentimentale, polir une passion, mettre au point des émois sidérants ? L'amour ne pouvait plus être pour Horace qu'un effort poétique, éloigné du romantisme de grande consommation. Les pâmoisons catholiques de Juliette et les étreintes à la régulière ne le tentaient guère. À ses yeux, l'acte charnel serait désormais une bourrasque inattendue, l'anoblissement d'une fringale, une liturgie sauvage !

Ni avec toi ni sans toi était donc son dilemme, ou plutôt son ordre du jour. Avec Liberté, Horace crèverait fatalement, sans elle il dépérirait. Trancher le démangeait, surseoir le chatouillait. En définitive, il était mieux dans le plâtre, du talon droit jusqu'à la cuisse. Immobile, Horace entendait profiter de quelques semaines de no man's land aux frais de la sécurité sociale, en se noyant dans des divertissements télévisés, de la gaudriole hertzienne qui le dispenserait de trop penser. Ah, se diluer dans les programmes commerciaux qui coupent le fleuve des publicités ! Inexister, une télécommande à la main !

Mais la porte s'ouvrit pour laisser entrer son avenir, une cheville dans le plâtre. Liberté claudiqua vers lui et posa ses béquilles. Sa beauté était toujours un coup de théâtre. Elle posa sa jolie silhouette sur la chaise. Cinquante kilos de courbes et des tonnes de charme.

— *Indiscutablement,* commença cette intime de Shakespeare, *on ne peut plus continuer comme ça...*

— *Naturellement.*

— *Chercher toujours mieux, on voit où ça mène...*

— *À l'hôpital.*

— *Pourquoi ne pas rechercher le pire ?* lança-t-elle avec sagacité.

— *Quel pire ?*

— *Essayons de vivre la pire des journées.*

— *Pardon ?*

— *Que pourrait être la pire des rencontres entre un homme et une femme ? Je dis bien la pire, celle qui ne laisserait aucune chance à l'amour. Aucune. Un chef-d'œuvre à l'envers !*

— *Que cherches-tu ?*

— *À nous dégoûter de certaines facilités… Il faut voir le mal en face pour le reconnaître.*

Sans attendre de réponse, Liberté saisit ses béquilles, ressortit et frappa aussitôt. Elle agissait comme on monte une comédie, en sabrant les temps morts. Mademoiselle Liberté ne savait aimer qu'en se jetant par la fenêtre ; par terreur de rouiller. Une anti-Juliette. Même mariée, l'héritière des Byron ne serait jamais une épousée, militante du livret de famille, comblée par une déclaration fiscale commune, se pâmant lors des anniversaires de vieilles noces. Ô joies commémoratives ! Ô plaisirs rébarbatifs ! Ô bégaiements conjugaux ! Délices fanées… Corrélatifs de tant de défaites pour le cœur et de tant de couleuvres avalées.

Décontenancé, Horace se ressaisit. Pourquoi cette vivacité, ce ressort imaginatif lui plaisaient-ils tant ? Liberté dépensait une telle gourmandise à vivre, un entrain si plein de pétulance, qu'il se serait fait l'effet d'un pisse-froid en lui disant *non*. Tous deux étaient des bêtes à plaisirs ! Des gobeurs d'instants magiques ! Ce

qu'Horace répondit au *toctoc* de Liberté valait un *oui*
haut et ferme :

— *Entrez !*

— *C'est moi...,* répéta-t-elle.

— *Ah oui, bonjour,* fit Horace.

— *Les lettres, c'est moi.*

— *Ah... que voulez-vous ?*

— *Non.*

— *Quoi, non ?*

— *En me posant cette question, tu me laisses une petite
chance de te séduire. Et je ne veux pas que cette chance
devienne la mienne puis la tienne ! Nous sommes ici pour
réussir à tout rater. Reprenons... Le malheur, ça se mérite.*

Liberté disparut et frappa une autre fois.

— *Entrez !*

— *C'est moi...,* reprit-elle en poussant la porte.

— *Ah oui, bonjour,* marmonna Horace en reniflant.

— *Les lettres, c'est moi.*

— *Les fautes d'orthographe, c'est donc vous...*

— *Oui.*

— *Et vous en êtes fière ?* lança-t-il en se mouchant
bruyamment.

— *Des fautes ?*

— *Non, des lettres...,* reprit Horace l'air navré, un
filet de morve au bout du nez. *Alors c'est vous... Eh
bien je vous félicite. Le style est un chef-d'œuvre de plati-
tude, les émotions frisent le ridicule complet, la niaiserie
reste... constante. On se prend pour Hélène de Troie alors
qu'on est Mademoiselle de Clermont-Ferrand. À ce degré
d'ingénuité, ça en devient touchant...*

— *Je ne vous plais pas ?*

Étouffant un rot, Horace répondit avec une gentillesse odieuse :

— *Si, j'ai une passion pour les beautés départementales. Et puis je ne suis pas contre un brin de vulgarité, sous un vernis propret ! Vos airs de fausse Jacky Kennedy, version auvergnate, vous permettront sans doute d'épouser un prof de golf ou un dentiste qui vous logera dans la bouche une fortune dentaire, ce qui ne serait pas du luxe.*

— *Là vous-tu n'es pas très habile...,* répliqua Liberté en cessant brusquement de jouer. *En me méprisant tu me donnes envie de scintiller à tes yeux. Ce qui n'est pas très malin ! Ton dédain doit être du détachement, pas du mépris. Fusille-moi, mais avec négligence !*

Aussitôt elle ressortit, frappa et entra.

Horace lisait à présent le journal.

— *C'est moi,* fit-elle.

— *Je vous crois,* répondit Horace, impavide, en risquant un surprenant accent du midi. *En général, on est soi-même...*

— *Non, les lettres c'est moi,* rectifia Liberté.

—*Vous apportez le courrier du jour, petite ?* demandat-il d'un air absent, sans la remarquer.

— *Les lettres anonymes, c'était moi.*

— *Lesquelles ?*

— *Comment lesquelles ?*

— *Des lettres non signées, j'en reçois un certain nombre, vous savez... Comment écrivez-vous « Shakespeare et moi » ?* lança-t-il avec ironie.

— *S, H, E accent grave, Q, U...,* bredouilla-t-elle.

— *Les fautes d'orthographe, c'est donc vous, et vous en êtes fière ! C'est du propre... De mon temps, on aimait au passé simple, en n'oubliant pas les accents circonflexes, et si l'on violait bien des choses, on respectait la concordance des temps...*

— *Mes dix-huit ans vous font regretter les vôtres ?*

— *Mademoiselle,* pérora-t-il en adoptant une attitude outrancière à la Raimu, *vous utilisez vos dix-huit ans pour vaincre les trente-cinq ans de ma femme et vous voudriez que je vous estime ?*

— *Mais...*

— *L'assurance des pucelles m'exaspère.*

— *Le côté vieux con, c'est assez efficace !* s'exclama Liberté. *Mais je pense que tu peux faire mieux ! Ne laisse pas la plus petite chance à notre amour de naître.*

Liberté bondit dehors avec ses cannes et frappa à nouveau :

— *Oui,* fit-il sans accent.

— *Bonjour. Les lettres, c'est moi.*

—*Ah...*

Ce qui suivit ce *Ah* subjugua Liberté.

Aucun sentiment ne pouvait survivre à une telle improvisation qui, sous le rapport de la médiocrité, frisa la perfection. Un vide cornélien ! Du rien emphatique ! La journée qu'ils concoctèrent fut bien la plus incolore qui se puisse concevoir. Extraordinairement ordinaire ! Un miracle de banalité. Six heures durant, dans cette chambre d'hôpital, ils franchirent les bornes de la pingrerie de cœur, assassinèrent toute estime réciproque, cultivèrent les ferments de mini-aigreurs à venir, se montrèrent à eux-mêmes jusqu'où la vilenie étroite ose aller entre un homme et une femme. Un festival de bassesses ! De mufleries naines,

160

de suspicions immondes. Une tempête de calmes creux.

Horace s'y adonna avec frénésie, espérant ainsi que, par-delà le jeu, leur amour ne s'en remettrait pas. Neuf années de reptation dans un bonheur étréci l'avaient entraîné à cet exercice avilissant. En gourmet, il s'inventait des petitesses succulentes, recyclait au compte-gouttes d'anciennes mesquineries domestiques. Ah, les extases ignominieuses ! Les lâchetés d'apparence vertueuse ! Cultiver le commandement sournois, l'amertume tenace ! Resservir des reproches infimes !

Liberté, elle, pensait que ce déchaînement de pondération, de négligences appuyées, de vulgarités miniatures, d'ennui passionné, les vaccinerait contre toute faiblesse. Mais plus ils s'enlisaient dans ces pléonasmes de la nullité, plus Horace reconnaissait ses propres traits sous la caricature. Jamais il ne serait assez éminent pour combler les exigences de Liberté, jamais il ne saurait prendre, dans tous les moments, l'absolu contre-pied de ces attitudes abjectes. Il n'était qu'un homme, pitoyablement humain, une plante courante dans l'herbier de l'espèce. Certes, la nature l'avait doté d'une belle capacité d'excès, et l'on pouvait croire qu'il appartenait à une variété de caractères assez rare ; mais, pour le fond, Horace n'était guère en mesure de s'extraire de sa pauvre humanité. Il avait des mains, non des ailes. Il n'était pas né de l'imagination d'un écrivain génial, seulement des flancs d'une femme. Dans la grande bibliothèque des êtres, Horace devait figurer à sa lettre, ne méritant pas d'être rangé parmi les personnages chargés d'universalité qui exultent dans les grands romans. Il n'était le ministre d'aucun principe, l'ambassadeur d'aucun rêve intemporel, le chargé d'affaires d'aucun vice incontournable. À son tour, à la suite de Juliette, Horace éprouvait le chagrin de n'être que soi-même. Faillible, il n'était pas digne de sa passion.

Mademoiselle Liberté, elle, était davantage que sa personne. En elle se concentraient une volonté sans repos, les moyens d'exécution d'une utopie. Quand elle aimait, c'était l'amour le plus pur qui aimait à travers elle. Héroïne de ses songes, Liberté était capable de pousser sa conduite jusqu'à la fiction, d'être l'écrivain de son propre rôle. Il y avait de l'encre dans ses veines, du froissement de papier dans ses colères. Elle se rectifiait comme on biffe un mot faible. La fille de Lord Byron offrait son corps à un principe fort. Derrière son front clair murmuraient tous les auteurs qui, sur son île, l'avaient éduquée. Mais peut-on supporter une enfant naturelle de Marlowe et de Racine ? Il y a des ascendances plus légères...

À bout, n'ayant pas le génie d'aimer, Horace résolut de se retirer :

— *Liberté, je te quitte.*

— *Non.*

— *Comment non ?*

— *Faire les choses comme ça, c'est petit-bras.*

— *Alors que veux-tu ?*

— *Un chef-d'œuvre sinon rien,* répéta-t-elle en articulant bien.

— *Eh bien... ce sera rien.*

— *La seule chose que je te demande, c'est un rien consistant.*

— *Consistant ?*

— *Oui, prodigieux, farci d'excès. Un rien qui ait du corps, exaltant, jouissif même. Un rien sublime, effrayant s'il le faut. Un rien qui ne soit jamais médiocre. Jamais. Pas une seconde.*

— *D'accord.*

— *Mais seras-tu assez fort pour te tenir toujours à l'écart de mon désir ? Rien, c'est énorme. C'est peut-être plus ambitieux encore qu'un chef-d'œuvre...*

III

RIEN

1

Se goinfrer de néant n'est pas chose facile. Exceller dans l'insignifiance ne s'improvise pas. L'action en creux, faite d'actes non commis, de coups d'éclat en suspens et d'élans immobiles requiert de sidérantes capacités. Donner de la démesure à du rien fut désormais l'ambition de Liberté. Elle parvint à se délecter de l'éloignement d'Horace, à raffoler de son absence qui la blessait. Hédoniste héroïque, elle apprit à se laisser combler par du vide, à jouir de ne plus posséder l'homme qu'elle adorait. Ah, gober de l'infime ! Festoyer d'une carence de plaisirs ! Se régaler d'une attente où l'on n'espère rien ! Créer une relation en la dissolvant ! Piocher mille satisfactions dans des désirs jamais exécutés...

Liberté n'était pas femme à revenir sur sa parole.

Horace renonçait au chef-d'œuvre ? Eh bien, elle voulait *rien*.

Seulement une vacuité prodigieuse !

Au lycée, Mademoiselle Liberté eut pour politique d'être transparente. Son esprit consista à ne plus en avoir. Elle acquit très vite la science des attitudes par lesquelles on s'efface, cultiva les propos qui dévaluent, s'enterra dans une passion jamais dénouée. Ah, scintiller de nullité ! Économiser ses atouts, comprimer ses talents, retenir ses saillies ! Éteindre sa beauté ! Se pousser hors du cercle des gens brillants, lustrés de culture ! S'appliquer à dissoudre son caractère ! Rester muette tout en causant, bavarde plutôt que spirituelle et sans physionomie tout en s'exhibant... Voilà ce que fut son nouveau programme.

Tout en s'ennuyant avec fureur pour devenir ennuyeuse, Liberté poursuivit une scolarité sans éclat. En classe, elle s'amoindrissait avec soin, abolissait sa perspicacité, articulait des mots non des idées. Dès qu'elle croisait Horace dans un couloir, elle prenait un visage de cire. Horace n'insistait pas ; inutile de lui dire les choses en grosses lettres. Mais le plus extraordinaire dans la conduite de Liberté fut l'obstination avec laquelle elle se mit à vivre avec lui sans le fréquenter. Enfin, l'on voyait son ingéniosité aux prises avec un dessein digne d'elle !

Comme à l'époque des lettres anonymes, elle traqua les détails du quotidien d'Horace : horaires, actes minuscules ou considérables, réunions superfétatoires, rendez-vous par lesquels commence l'esprit d'intrigue qui fait toute la province, etc. Sans jamais nuancer ses airs gris, elle s'insinuait dans son existence rébarbative avec fièvre, transportait partout sa curiosité en affectant de ne rien voir. La régularité de la vie d'un proviseur l'aida à accorder leurs emplois du temps.

C'est ainsi que Liberté se fit un plaisir de n'être jamais — ou le moins possible — à moins de vingt-huit mètres d'Horace ; cette distance était exactement celle qui séparait leurs lits, de part et d'autre de la cour d'honneur. Quand il préparait un cours au premier étage de la grande bibliothèque, Liberté se délectait d'étudier au rez-de-chaussée, courbée derrière les rayonnages. Lorsque Horace traversait, le matin, la galerie couverte qui encercle la cour principale, elle se réglait sur son pas à l'étage supérieur, en parcourant la galerie du premier étage. Synchroniser leur promenade, apercevoir ce qu'il voyait, subir le même ciel, fendre le même air lui était un délice. Assistait-il, chaque jeudi, dans le petit théâtre, aux répétitions de l'orchestre du lycée ? Liberté s'y trouvait également, au premier rang ; lui à l'orchestre, gileté comme un avoué, cravaté comme un petit gris, elle à la corbeille, vêtue de peu, complice du bon goût. Ils dégustaient ensemble les mêmes partitions, regrettaient au même instant une blanche hâtive ou une croche poussive. Travaillait-il dans son bureau ? Elle avait réussi à caler ses heures de cours dans une salle qui se trouvait au rez-de-jardin, d'où elle pouvait l'apercevoir. Et le boire par capillarité visuelle. Ce jeu de piste occupait son cœur. Dès qu'Horace paressait dans le parc, un roman à la main, elle nonchalait dans la serre contiguë en dégustant le même ouvrage. Ces journées parallèles étaient toute la vie d'amoureuse de Liberté. Rien ne se passait entre eux et tout était vécu de concert. Ce rien plein d'harmonie lui convenait. Au moins échappait-elle aux inattentions qui tuent l'émulation sentimentale, aux vétustés conjugales qui la révulsaient. Comment les épouses qui sont des lieux communs — voire des punitions ! — acceptent-elles que leur amour soit une habitude ? Faire l'habitude le samedi soir, torché de bière, lui paraissait extraordinaire ! Vivre d'habitude et d'eau fraîche, aimer un homme d'habitude, traverser un chagrin d'habitude, tout cela était abstrait pour elle.

Ce cirque concordant aurait pu durer ; car Liberté était discrète. La distance lui allait bien. Elle n'avait jamais compris ces femmes anthropophages qui déglutissent leur mari à longueur d'année, tout en ayant du mal à le digérer. Et puis, Horace ne s'apercevait de rien. Sa saison de solitude ressemblait à une ménopause saumâtre, un crépuscule ordinaire, pas assez révoltant pour l'exalter. Stagner dans une nullité administrative n'était pas sa spécialité ; et il ne se sentait plus la force de mener une existence de cerf-volant, comme avant, en se livrant à tous les courants d'air de la vie mondaine de Clermont-Ferrand. Le steeple-chase de cocktails municipaux, de réunions de clubs de notables, baptêmes et autres dîners tribaux ne le tentait guère. Il se remettait avec difficulté du choc opératoire de leur liaison.

En désespoir de cause, Horace résolut de descendre plus bas encore, de se médiocriser absolument. Astucieux, il se mit à acheter chaque semaine *La Centrale Particulière,* un bottin de petites annonces. Cette compilation de SOS le saoulait d'opportunités nauséeuses. Pour trois euros, on y trouve de quoi se refaire un bonheur d'occasion : des épouses en vrac, usagées mais pesées, mensurées, passées à la toise d'un test d'affinités, des commerces reluisants à faire valoir, des clebs tatoués en pagaille, du matériel de soudage, bref tout l'indispensable pour se recomposer une existence fabuleusement normale. Rien ne manquait. Même des dessous fatigués, exhumés d'époques mal définies, pour équiper la ménagère couperosée qui s'offrait à longueur de colonnes. Au fil des rubriques, Horace se plaisait à penser que telle pharmacienne franc-comtoise — *douce, 58 kg, yeux noisette, potelée et aimant la nature* — mériterait bien la commode assortie à ses origines que l'on cédait en haut de la page 72 et qu'il la dénuderait volontiers sur la banquette du cabriolet jaune sous référence 609.FGW. À moins que les trois annonces ne se répètent trop longtemps ; signe que ces articles avariés ne tentaient personne, même les vicieux et les jobards passionnés par la déconfiture d'autrui.

Se relancer sur le vaste marché du couple est une besogne qui procède de l'épicerie, de la publicité et du boulot de représentant de commerce. On ne replace pas facilement son histoire, encore moins son physique. Plafonnez-vous sous le mètre soixante-douze fatidique ? Dépassez-vous les quarante-neuf ans ? Recalé ! Vous voilà vieilli avant d'être vieux, invendable. Les annonces matrimoniées vous réforment. Inapte à une deuxième chance ! Allez tapiner ailleurs ! Un passé de traviole ou un goût vif pour la nicotine vous décotent impitoyablement. Les enfants à charge comptent pour une disgrâce, l'amour filial comme une tare. Une pension alimentaire généreuse grevant votre budget vous disqualifie ; la pingrerie passe pour une vertu. On s'y fait mousser d'être fonctionnaire, on ne se cache pas d'être pleurnichant, accablé de déboires mais solvable. Ô valeurs inversées ! Ô misères détaillées en cinq lignes ! Ô motivations qui déshonorent l'espèce humaine gisant au fond des départements ! Ce flot de quémandeuses, de beautés éteintes avides de bonheurs étroits, rêvant de relations *sérieuses*, ne parvenait pas à distraire Horace de Liberté. Aucune ne tenait l'amour pour une épopée. Pas une de ces âmes simples ne cultivait la rodomontade, le travers intéressant, la lubie ruineuse, l'insolence délibérée. Pas une n'écrivait : *Âge de se perdre dans les plaisirs, taille délicieuse à enlacer, poids donnant envie d'être soulevée, yeux en érection, mariée bientôt, dépensière furieuse, haïssant la nature, disposée à boire. Cherche homme déraisonnable aux défauts immenses pour déconstruire toutes habitudes et bâtir de l'éphémère parfait. Sérieux, prudents et dans la réalité s'abstenir. Capables de tolérer la conjugalité courante, passez à l'annonce suivante.* Hélas, ce profil se faisait rare dans la *Centrale*. L'ennuyeuse y triomphait. L'économe, la pusillanime non fumeuse s'y affichaient sans rougir.

Un jour, alors qu'Horace se promenait sur la galerie, au premier étage, il s'appuya sur la rambarde pour pétuner. Taquiner le cancer ne le dérangeait plus. Ses pensées lestes et taciturnes étaient une fois de plus orientées vers la fille de Lord Byron. Il flottait dans les voluptés fastueuses qu'elle lui avait jadis déballées. La phraséologie sensuelle de Liberté, éloignée de toute convention, lui manquait. Ah, ce génie de la caresse poivrée, de l'ondulation quasi mexicaine ! Ce talent dans les élans non prémédités ! Les ravissements de Liberté étaient toujours neufs, jamais des pléonasmes.

Horace ne parvenait pas à enterrer dans son lit une autre épouse, une moitié passionnée de huis clos, saupoudrée de catholicisme, une Juliette bis qui aurait pu orner sa vie. Mégot au bec, Horace souffrait également d'avoir perdu son statut de personnage de fiction en se dégageant de leur liaison périlleuse. L'ignoble normalité — celle qu'il recherchait péniblement — était revenue, avec son infinité de négligences, de manies qui sont comme des refrains frelatés. Au fond, songea-t-il, il n'est de pire dépravation que de mener une existence honnête et droite. L'hébétude des gens heureux, ceux qui stagnent dans une félicité paresseuse, l'horripilait. Ah, jeter feu et flamme contre ce bonheur falsifié ! Horace restait soumis au magnétisme de la pureté. La cendre de sa cigarette tomba. Machinalement, il suivit des yeux la poudre de tabac consumé et aperçut Liberté qui se trouvait en dessous, juste à l'aplomb.

Même à la verticale, son profil possédait toutes les splendeurs. Il commandait l'admiration, valait tous les mérites, égayait le regard. La beauté, parfois, est un superlatif d'une grande sobriété. Percuté par cette vision parfaite, Horace recula, reprit le cours de sa promenade ; trois mètres sous lui, elle marchait à son pas. Sans doute avançait-elle le pied en moulant sa jupe avec cette science qui excitait chez lui mille instincts. Horace s'arrêta. Elle s'immobilisa. Brusquement, il décida de précipiter la cadence ; Liberté détala dans la même direction. Cette conduite ne pouvait être fortuite. Le sens de tout cela échappait encore à Horace. Désirait-elle coller à son rythme de vie ? Avait-elle besoin de se couler dans son sort ? Mais jusqu'où poussait-elle la synchronisation ? se demanda-t-il, à la fois effrayé et flatté.

Avec d'infinies précautions, Horace entama une enquête pour éclaircir l'emploi du temps de Liberté. Le soir même, il consulta les heures de cours de l'élève Byron, consignées sur les registres du secrétariat, et s'aperçut qu'elle avait toujours classe dans un bâtiment vertical qui se tenait en face de son bureau. Il travaillait donc chaque matin dans sa ligne de mire. Cette découverte l'emplit de satisfaction. Et il ne se tint plus lorsqu'il constata sur les fiches de la bibliothèque qu'elle ne la fréquentait que lorsqu'il s'y confinait ! Ainsi, les mines impénétrables de Liberté — quand ils se frôlaient dans les couloirs — dissimulaient un intérêt soutenu pour sa personne. Elle ne parvenait pas à le rayer, à exciser les lambeaux de mémoire dans lesquels il figurait ! Il n'était donc pas révocable !

Puis, se souvenant que c'était lui qui l'avait délaissée, Horace s'inquiéta de cette obstination. Que pouvait-il contre une femme qui entendait faire coïncider leurs vies ? Si l'on peut s'effacer, on ne peut défendre d'aimer. Hélas, l'amour reste une liberté publique. Difficile de s'opposer à une fille qui désire danser avec votre ombre, trinquer avec les verres que vous laissez sur le zinc ou passer une commande semblable à la vôtre au restaurant. Le délit de symétrie ne figure pas dans le Code pénal ; et l'hypertrophie d'un sentiment n'est pas du ressort des tribunaux.

Conscient de l'avantage qu'il possédait sur Liberté de connaître sa conduite alors qu'elle ignorait qu'il savait, Horace décida d'entrer dans un manège plein d'astuces dont il serait le maître. Voulait-elle un *rien* qui ait de la consistance ? Il allait lui en offrir ! Du rien exacerbé, jamais relâché, féerique, haletant même ! Du néant qui friserait le chef-d'œuvre.

2

Le soir même, Horace pénétra dans son logement de fonction en sachant bien que Liberté, terrée dans sa chambre, le scrutait. De l'autre côté de la cour, derrière les voilages, il aperçut sa silhouette qui se réglait fidèlement sur ses mouvements. Elle le suivait telle une ombre lointaine. À dessein, il ouvrit les fenêtres afin qu'elle pût entendre ce qui se passait chez lui. Puis il marcha lentement vers le téléphone — pour faciliter la synchronisation de leurs gestes — et composa son numéro.

Frissonnante, elle resta prostrée de surprise devant son appareil qui trémulait. Que faire ? La sonnerie persévérait, avertissait clairement Liberté qu'Horace ne pensait qu'à elle.

Têtue, monomane de la perfection sentimentale, elle ne décrocha pas. Rien lui paraissait préférable aux affres de l'indécision. Puisque Horace avait résolu de se retirer de leur liaison, il devait se raidir dans cette posture jusqu'au cancer. L'idée de restaurer leur couple l'indignait à présent. Même usée de frustrations, Liberté entendait se livrer à sa passion pour les choix irrévocables. Ce jeune produit de la littérature antique n'avait pas mûri.

De son côté, Horace eut un sourire.

Le message qu'il souhaitait lui faire comprendre était passé. Elle ne pouvait plus ignorer qu'il était en proie à une nostalgie sensuelle, titillé par le regret de l'avoir quittée. Stratège, Horace forma un autre numéro, incomplet, et parla fort pour qu'elle attrape bien chacune des paroles qu'il articulait.

— *Allô Jean ? Oui, c'est moi...*

À voix haute, Horace confia à un interlocuteur fictif le menu de sa soirée : la douche qui l'attendait, le plat succinct qu'il cuisinerait et le film devant lequel il souhaitait s'avachir. Attentive derrière sa fenêtre entrouverte, Liberté vérifia d'un coup d'œil qu'elle possédait également des œufs ; puis, d'un geste irréfléchi, elle posa la main sur sa télévision. Quand tout fut bien précisé et répété, au motif que le téléphone portable de son confident friturait, Horace commença à se dévêtir dans le salon, en dansant sur une musique jubilatoire. La chaîne stéréo tracassait le son tant le volume était exagéré.

Tous les cuivres d'un big band flambant d'énergie mirent alors le feu au silence qui s'était abattu sur le lycée. Le strip-tease d'Horace avait pour but d'entraîner Liberté, de lui offrir un moment harmonisé qui fût un pur abandon. Horace se jeta donc avec entrain dans le rythme qui leur était commun. Devant la fenêtre de sa chambre, elle céda au jazz, entra enfin dans la danse. Puis elle s'adonna à son tour à ce déshabillage musical. On lâcha toute timidité en retirant un pantalon, on se débarrassa de la moindre étoffe. Plus rien ne bornait leur joie à partager ces instants où leurs corps étaient ensemble, reliés par le jazz qui virait à la crise de nerfs. À vingt-huit mètres de distance, ils formaient un couple concordant, électrique, voire épileptique. Les culottes valsèrent sur les mêmes notes tambourinées.

Pas un instant ils ne songèrent que la musique tonitruante avait ameuté aux fenêtres la totalité des pensionnaires du lycée ! Nu, le proviseur se déhanchait avec fureur devant une foule de besogneux alignés en embuscade. Tout ce petit monde arraché à ses révisions en resta pantois. À la dernière mesure, Horace s'affaissa de fatigue et eut droit à une bordée d'applaudissements, des salves de sifflets. Mitraillé par cette claque inattendue, il tomba les bras en croix. Filles et garçons, blottis aux fenêtres comme autant de pelotons d'admirateurs, demeuraient ahuris par cette chorégraphie directoriale.

Puis, gêné, l'âme du Conseil de Discipline, le règlement en action, le Maître de toutes les férules administratives, l'ordre en sifflet, tira un rideau et se rendit dignement dans la salle de bains sous les vivats. Comme au théâtre, le public échauffé en redemandait, battait le rappel. Hilare, Liberté était du nombre. Elle n'avait pas imaginé une seule seconde que ses condisciples avaient pu jouir de ce spectacle privé qui ruinait neuf ans de morgue ironique, d'injonctions glaciales, de surveillance vétilleuse.

Pour rester synchrone, Liberté se rendit sous sa douche. Elle mouilla sa beauté, la frictionna. En parallèle, Horace se savonnait. Elle se rinça. La bouche de Liberté se remplit d'eau ; celle d'Horace la recracha. Ils se lavèrent les cheveux en fermant les yeux pour mieux se délecter d'être l'un avec l'autre par la pensée.

Lorsqu'ils furent propres, Horace enfila un peignoir et retourna dans le salon pour y fermer les fenêtres. Les pensionnaires s'étaient calmés ; ils laissaient refroidir leurs paumes. Liberté et lui cassèrent des œufs de concert et bectèrent en parallèle devant le film que diffusait la télévision. Horace déplaça le poste du salon, de façon qu'elle pût apercevoir l'image. Liberté régla son téléviseur sur la même chaîne. Ce dîner-plateau avec l'absence de l'autre fut un régal. L'intensité qu'avait prise leur soirée ne cessait d'augmenter.

Le film — le *Roméo et Juliette* irréprochable de Franco Zeffirelli — donna bientôt à leur vie commune, ou plutôt à leur *rien* commun, un parfum shakespearien qui leur fit quitter Clermont-Ferrand. L'espace de quelques heures, ils furent à Vérone, s'embrassèrent sur un balcon, souffrirent et jouirent avec les mots démesurés du grand William. Adieu les propos vils, les promesses d'une semaine, les douleurs sans éclat, les galanteries qui ne riment pas ! On se retrempait le caractère. Dans leurs cœurs se rallumait le goût du sublime, de la candeur intégrale. Enfin ils trépassèrent d'amour. Par voie hertzienne, l'idée de la mort revint vers eux. Mourir dans le grondement d'une idylle naissante plutôt que de vieillir en duo leur apparut comme une solution, une élégance minimale. Devant le générique, encore dominés par ces sentiments ultimes, ils ne se voyaient pas user leur temps à faire les courses ensemble dans un hypermarché, se laisser un jour façonner par une existence régulière. Comment peut-on se griser de visites dominicales à de vieilles tantes brodeuses, entasser les obligations familiales, se jeter avec ardeur dans les confitures, patauger dans l'économie domestique ? Par quels enchaînements deux amants peuvent-ils déchoir à ce point, finir ainsi en ratatouille ménagère ? se demandèrent-ils en éteignant leur télévision. Sans doute faut-il convenir qu'il n'est pas de passion que la vie à deux ne sache vaincre. Le couple est peut-être une punition. En prenant congé de Shakespeare, l'un et l'autre semblaient pénétrés de ces axiomes atroces.

Mais ils refusaient d'en prendre leur parti.

Armés d'obstination, Liberté et Horace entendaient faire reculer l'inéluctable. Pour eux, rompre ne signifiait pas terminer mais bien commencer du rien, produire de l'absence grisante, du retrait engagé. Et de l'extase inédite ! Se saouler de câlineries supposées, supputées sans trêve, s'enivrer d'érotisme suspendu ! Ah, faire reluire les vertus de l'abstinence, les joies de la rétention ! Cultiver les plaisirs qui ne vont jamais au-delà des satisfactions solitaires...

Dans l'appartement obscur, Horace alluma une bougie, faisant ainsi naître sur un mur l'ombre de son corps allongé. Sa silhouette projetée commença alors à se caresser, à branler l'ombre de son sexe grandissant. Devant sa fenêtre, Liberté eut des gestes de même intention. Nue, cambrée, elle était belle comme une étude d'école. Ils s'accouplèrent mentalement, en solo. Leur jouissance symétrique justifia l'exercice.

Puis, tendrement, elle ne caressa pas Horace, négligea de lui mordre l'oreille, d'en sucer le lobe. Lui s'abstint de masser les jolis pieds de Liberté, renonça à tout frôlement exquis, envisagea de lui cajoler le bas des reins, de cheminer vers son cou et de malaxer les fibres de sa nuque. Enfin, elle ne s'approcha pas de son bas-ventre, ne tracassa pas son sexe éteint, se priva de ces privautés buccales qui émeuvent le corps et impressionnent l'imagination. Ainsi elle l'aima dans sa pensée, palpa son corps rêvé, et lui s'abandonna à de chimériques étreintes, à des frissons théoriques.

Ensuite elle ne le prit pas dans ses bras et, avec une bichonnante douceur, ne caressa pas le front d'Horace. Troublé, il n'enlaça pas Liberté, respira le souvenir de son parfum, ne la câlina pas. Nul baiser convulsif ne fut échangé. Il ne fut pas question de s'étreindre avec rudesse, de se donner jusqu'à l'essoufflement, d'y mettre tout son corps. Aucun sourire ne répondit aux soupirs de l'autre.

Pourtant, ils s'endormirent ensemble.

3

Lord Byron s'inquiétait. Reclus au milieu des volcans, il ne recevait aucune nouvelle de Liberté. Gourmet, l'énergumène s'adonnait à sa nouvelle lubie gastrique : cuisiner ses chiens. Non content de dévorer ses bosquets et ses plates-bandes à la vinaigrette, il s'était mis en tête que les rôtis de chihuahua, les paupiettes de berger allemand et les biftecks de caniche lui redonneraient une vigueur de jeune homme carnassier. Tout son chenil y passait. Ses cerbères finissaient en escalopes, en tomates farcies ou en blanquettes. En chaque quadrupède, il devinait un plat. Le jambonneau persillé de fox-terrier devint son mets favori. C'est ainsi qu'il soignait ses neurasthénies ; car son humeur fléchissait. Byron ne supportait pas de sentir sa fille éloignée des délices de la vie. Cesser de jouir était déjà pour lui une très grande faute. Acheter le bonheur par de merveilleux plaisirs lui paraissait l'unique voie raisonnable. Cet excessif jugeait immoral d'être malheureux et criminel de ne pas rire.

Aussi résolut-il de se rendre à Clermont-Ferrand. Ganté de peau de lévrier birman, revêtu d'une jaquette de velours écarlate et d'une chemise amidonnée, Lawrence Byron pilota une automobile de sport — faite main — jusqu'au lycée. Tout objet manufacturé lui faisait horreur. Il paraissait un Anglais tout neuf de 1930, avec des gestes d'avant-guerre qui avaient essentiellement pour but d'être élégants. Ce gentleman qui n'admirait que l'inaccessible subodorait que sa fille était en train d'étendre la signification du mot *impossible*. Mais à quoi l'appliquait-elle ? À quelle tâche immense occupait-elle ses journées ? Sûr de son éducation, il n'imaginait pas qu'elle pût user ses talents sur des pacotilles. Sa progéniture, se gâcher en facilités ? Cette hypothèse relevait à ses yeux du farfelu.

Au premier étage du bâtiment des pensionnaires, il mit sa canne de bambou sous son coude, frappa à la porte de Liberté et, comme elle n'ouvrait pas, pénétra à l'aide du double des clefs qu'il possédait. Devant la fenêtre de la chambre trônait le corps d'un télescope, sorte d'insecte en laiton dans lequel il jeta un œil. La lentille était braquée sur une table de nuit, échantillon du mobilier de l'appartement d'en face. Sous un abat-jour fané gisait un roman ouvert dont il put lire le titre : *La Confession d'un enfant du siècle*. Le même ouvrage de Musset se trouvait également sur la table de chevet de sa fille. Le dos du livre était pareillement cassé, abandonné dans une position similaire.

À l'aide de la longue-vue, l'œil curieux, Byron fouilla le logement situé de l'autre côté du jardin d'honneur. Dans la cuisine séchait un jambon cru aux origines inattaquables, prêt à être tranché. Un Parme entier de même provenance était aussi posé sur le réfrigérateur de Liberté. D'autres objets se faisaient écho de part et d'autre de la cour : un disque de Bach — les *Variations Goldberg* servies par Glenn Gould —, un bouquet de roses blanches — dont il eût volontiers fait de la marmelade —, des romans jumeaux. Intelligent par instinct, Lawrence flaira ce qui se tramait ; mais à quel jeu de miroir se livrait exactement son enfant ? Et qui donc habitait en face ? Les boiseries huppées de l'appartement trahissaient la position de l'occupant.

La confirmation arriva, sonore et immédiate : le proviseur — que Byron connaissait — rentra chez lui et claqua la porte. Au même instant, dans une symétrie parfaite, Liberté fit irruption. Pétrifiée de surprise, elle demeura sur le seuil sans brutaliser la porte. Le regard excessivement tendre de son père la fixa. Ce mangeur de chiens était la douceur en mouvement, la prévenance en plastron, la gentillesse sous pavillon britannique, la consolation derrière des lunettes d'écaille, mais sa présence monumentale écrasait malgré lui. Son squelette de bison portait un poitrail ambitieux, une tête énorme qui paraissait un mégalithe, des épaules orgueilleuses d'homme trempé. L'œil rapide — si phosphorescent qu'il paraissait nickelé — et le geste lent, Lawrence lui fit signe d'entrer.

Silencieux, le père et sa fille se toisèrent.

Du bout de sa canne, Lord Byron désigna le volume de Musset, la brassée de roses pimpantes, le jambon, le disque de Glenn Gould. Devinée, Liberté baissa les yeux. Cette conversation muette se fit dans une extrême tension, tant Byron était atterré que sa fille chérie ait eu la goujaterie de ne pas jouir de la vie. Comment osait-elle se proclamer heureuse sans satisfaire ses sens ? En gendarmant ses instincts ! La rétention des désirs était pour lui une monstruosité, presque une obscénité. Son enfant n'allait tout de même pas borner ses appétits ! S'étioler dans la renonciation, se dépenser en inaction frénétique ! Finir en paroissienne d'un culte de la vertu ! S'embaumer dans des sourates de talibans !

— *Darling, quand te décideras-tu à jouir ?* explosa-t-il.

— *Mais je jouis.*

— *De quoi ?*

— *Je ne connaîtrai jamais l'échec sentimental qui est le tien.*

—*What's on hell are you doing with him ?*

— *Rien. L'imperfection ne me convient pas.*

Sur ces mots, elle rouvrit la porte.

— *Depuis combien de temps sait-il que tu l'observes ?* demanda le père.

— *Il n'est pas au courant.*

Muet, Byron regarda dans le télescope indiscret et le braqua vers un point précis ; puis il sortit. Intriguée, Liberté se pencha pour voir ce que son père lui désignait, et aperçut... la même longue-vue ! L'autre appareil en laiton se trouvait dissimulé derrière un rideau. Depuis combien de temps Horace calquait-il sa conduite sur la sienne ? L'arroseuse était arrosée, la voyeuse méticuleuse surveillée.

Cette découverte ouvrit brusquement à Liberté d'autres perspectives. Puisque chacun savait que l'autre savait, ils pouvaient désormais entamer une vie réellement commune totalement séparée. La proximité distanciée était à leur portée ! Ah, plonger enfin dans une solitude mitoyenne, s'engager dans un mariage de célibataires ! Partager avec passion du néant croquignolet ! S'étourdir d'intimité éloignée ! Se taire éloquemment pour prévenir tout malentendu, se dérober afin de ne pas se donner à moitié ! Créer toujours plus de liberté pour l'autre en l'enfermant dans un amour sans réalité ! L'adorer sans rabâcher ses sentiments !

Le soir même Liberté ouvrit sa fenêtre.

Elle mit sur sa chaîne stéréo le même morceau de jazz épileptique que celui qu'Horace avait écouté quelques jours auparavant et commença un strip-tease qui le prit au lasso. Derrière ses rideaux, Horace comprit aussitôt qu'elle avait percé son manège. Cédant à son tour à la musique énervée, il se dévêtit, épousa scrupuleusement ses mouvements et devint alors l'ombre de son ombre. Isolés, ils se rejoignaient. Séparés, ils transpiraient à deux.

Leur histoire non vécue commençait.

4

Le lendemain matin, Liberté suivit Horace en ville. Empaqueté dans un vieil imperméable plus qu'habillé, il s'insinua dans un désordre de ruelles en s'assurant bien qu'elle le talonnait. Heureuse, elle posait hâtivement ses escarpins sur les traces éphémères que laissaient ses chaussures d'homme sur les trottoirs mouillés. La bouche pleine de silence, Liberté lui disait ainsi qu'elle marchait déjà sur ses pas. Il tourna à droite ; elle prit le même cap. Horace était son axe de rotation.

Il entra dans un bar, elle aussi. Chacun à un bout du zinc, face à l'aquarium de la baie vitrée, ils passèrent commande.

— *Un demi de...,* hésita Horace.

Liberté décida de la marque de la bière en terminant la phrase d'Horace. Sans échanger un regard, ils burent un verre identique à quelques mètres de distance. Liberté laissa un voile de mousse sur sa lèvre supérieure charnue. Il lécha sa propre lèvre, trait invisible mais frémissant. Elle sortit la première en abandonnant son parapluie. Horace trinqua avec le verre vide de Liberté, ouvrit le parapluie oublié et la prit en chasse sous un ciel froid à subir. Il pleuvait une eau métallique qui crépitait sur l'asphalte. La ville sanglotait dans les caniveaux. Les passants obliques hâtaient leur silhouette mouillée.

Liberté entra au sec, dans un grand magasin. Toute une société provinciale dégoulinait dans les allées. Horace et Mademoiselle Liberté vibraient à l'unisson. Elle s'arrêta au rayon des imperméables, hésita entre trois modèles pour homme, articula clairement qu'elle préférait la coupe du beige et, au grand étonnement de la vendeuse à chignon, s'éloigna. Horace s'approcha, essaya la pièce négligée et l'acheta. Le chignon ne pouvait deviner que ce monsieur acceptait d'être habillé par celle qui ne vivrait jamais avec lui. En récupérant sa carte de crédit, Horace s'aperçut alors qu'il avait perdu Liberté. Seul, il eut soudain froid.

Alors il reçut un string sur l'épaule et entendit sa voix, dissimulée dans la cabine d'essayage qui se trouvait derrière lui. Le string convenait à Horace ; il le renvoya par-dessus la toile. Une farandole de culottes sexy furent ainsi échangées, ou écartées. Sans dépenser un mot, Liberté le consulta sur chacun de ses éventuels dessous. Surgissant enfin de derrière le rideau, elle marcha droit vers Horace sans le heurter du regard, lui piqua son parapluie et lui colla dans les bras son sac à main ; puis elle évacua les lieux.

Horace la rattrapa et, dans la rue, prit conscience que tous les dessous se trouvaient dans son sac. C'était donc lui qui venait de les voler pour elle !

— *Mademoiselle !* cria-t-il. *Vous avez oublié votre sac.*

Liberté s'immobilisa, pivota, voulut ne pas le reconnaître, le remercia avec une courtoisie très protocolaire et repartit. Pas un instant il ne nota qu'elle venait de lui dérober son portefeuille ! Amoureux, il la suivit encore dans des rues pleines de courants d'air qui lui parurent la Sibérie de Clermont-Ferrand. Il la fila comme on court après l'impossible. Son orgueilleuse beauté laissait derrière elle un sillage de regards masculins qui l'agaçaient, une cohue de sifflements, une nuée de désirs allumés.

Enfin elle accosta un policier, échangea quelques mots accompagnés de gestes volubiles et décampa. L'homme patibulaire à casquette s'approcha d'Horace et, sans aménité, le pria de cesser d'importuner la jeune fille ! La prunelle fauve du flic était sans appel. Son aplomb officiel fit reculer Horace. L'ordre public à grosse voix, la morale en uniforme, la loi au torse bombé exigeaient que s'interrompe leur marivaudage.

Horace rebroussa chemin, ivre d'elle. Liberté était toute la légèreté dont il raffolait, tout l'imprévu joyeux qu'il goûtait. Avec elle, ou plutôt avec son absence, vivre était un pur plaisir. Aimer musclait l'imagination, affiliait à tous les bonheurs digestes. Chaque seconde innovait, éteignait les inconvénients du quotidien, le désagrément d'être né. Liberté l'indemnisait de ses années de mariage, décapitait gaiement toute forme d'habitude. Cette fille exhaussait les charmes de l'existence.

De retour chez lui, Horace trouva son portefeuille sur son paillasson, accompagné d'un petit mot : *Faites attention, tous les pickpockets ne sont pas honnêtes !* Le bristol était signé *L'Inconnue qui tient à son parapluie.*

Il partit dans un fou rire.

5

En classe, Liberté risqua une initiative qui venait mal à propos. Pour aviver la jalousie d'Horace — et mieux se l'attacher —, elle eut l'idée de se montrer ambiguë, furtivement câline, avec un élève passe-muraille, un néant bien élevé. Le dadais sans grâce sur lequel elle avait jeté son dévolu était assis à côté d'elle. Cramponné à son stylo, il paraissait ne pas noter le manège dont il était l'objet. À peine cet héritier d'une France policée remarquait-il que sa voisine possédait des seins et des jambes nues. Plus enclin à fréquenter les poètes salaces que les amantes de chair, il ne devait connaître du sexe féminin que ce qu'en rapportent les pornographes désuets, les plumitifs spermeux, ceux qui jouissent au subjonctif sous des couvertures en cuir relié.

Liberté lui adressait des coups d'œil qui étaient des œillades, redressait sa poitrine agressivement dès que son voisin la regardait ; mais le benêt restait obstinément concentré sur son cahier. Que Liberté Byron pût le mettre sur le pavois ne l'effleurait même pas !

Aucun souffle de sensualité n'atteignait le studieux, aucun zéphyr ne l'emportait. Elle se serait déshabillée, le pauvre garçon aurait cru à un coup de chaud.

Mais Horace, lui, détaillait chaque tentative de Liberté tout en poursuivant son cours sur le stoïcisme. Fiévreux, il ne perdait pas un geste, écœuré que cette fille se déballonne soudain. Quoi ? Que signifiait cette conduite quand elle prétendait ne jamais se convertir en Française Moyenne ? Échapper au SMIC sentimental, aux pièges de la normalité ! Des principes en caoutchouc, oui ! Humilié en pleine poire, Horace se sentait bafoué d'avoir cru à ces belles paroles, d'avoir imaginé Liberté céleste, ivre de rêves gothiques, iliadesque. Tu parles ! Elle était en panne d'héroïsme. À court de beaux éclairs, ordinaire avec ce blanc-bec de son âge.

Vexé, Horace fomenta une erreur.

6

Le lendemain, Liberté vit Horace rentrer chez lui avec une créature dont la morne trombine suait la mélancolie. Le spleen en décolleté, la morosité en moues fatiguées, une silhouette sans allure. Sinistre à vous rendre pessimiste ! L'histoire de sa vie devait être celle de sa déveine. Canaille à bloc, l'engin femelle roulait des hanches lourdes, se dandinait sur des talons excessifs, poussait en avant des seins artificiels. Avait-il ramassé dans un bar une de ces ennuyeuses qui, l'espace d'une nuit, éteignent la peur de la solitude et font office de bouillotte ? Se relançait-il déjà dans des béguins provisoires, hygiéniques plus que folichons ? La blonde — tourmentée par un tic qui ravageait sa face — avait au mieux le profil d'une liaison transversale.

Liberté vit plus clair quand la tiqueuse ôta son imperméable. Harnachée façon érotico-cul, elle se surpassait dans la vulgarité courante. Horace l'avait sans doute prélevée parmi la cargaison de prostituées du quartier chaud, ou dans le stock de traînardes qui se commercialisent sur les trottoirs de la banlieue de Clermont. Sa jactance populacière d'Europe centrale trahissait sa provenance. Fille de miteux Caucasiens exténués d'injustices, ce rebut du communisme en déroute devait être désiré dans deux ou trois rues de la capitale départementale. N'ayant sans doute jamais trouvé à s'offrir sur les rives du Danube, elle se vendait en Europe. Soldée à Clermont-Ferrand !

Mais que faisait Horace avec cet amour pathétique de location ? À quoi en sont réduits les hommes en période de disette... Le héros de Liberté, héraut de ses aspirations les plus pures, véritable Saint-Exupéry de son âme, était tombé bien bas. Du moins le crut-elle jusqu'à ce qu'il lui fît enfiler... un duffle-coat rouge sang identique au sien ! Il pensait donc à elle ! Horace recouvrit ensuite la chevelure de la blonde — une jungle de nattes — d'une perruque brune rappelant les cheveux domestiqués de Liberté. S'il avait acquis la soirée de cette fille, sans doute avait-il réglé un supplément pour s'offrir sa docilité, en lui glissant ce petit billet qui achète les dernières complaisances. Directif, Horace lui donna des airs de Liberté Byron, atténua son allure commune, lui fit ôter ses talons, l'incita à plus de grâce et lui tendit une feuille sur laquelle il avait griffonné Dieu sait quoi. Le brouillon de Liberté sortit enfin. L'authentique pensa qu'il s'était soudain dégoûté de cette bouffonnerie.

Mais Horace se mit au piano.

On sonna.

— *C'est ouvert, entrez !* cria-t-il.

Il avait donc décidé de rejouer leur journée !

Tandis qu'Horace saccageait scrupuleusement les *Variations Goldberg*, une Liberté contrefaite pénétra dans l'appartement, vêtue de rouge, pieds nus, en affectant une distinction laborieuse, dissidente du bon goût. Il y avait de tout dans sa démarche, de la coquetterie empesée, du bizarre outré, du grotesque saupoudré, une surabondance de ridicule ! En se montrant, la pénitente se dévaluait. En souriant à pleines gencives boursouflées, elle sinistrait la scène. La musique s'accordait à sa dysharmonie d'automate loué ; aucune des notes que produisait Horace ne donnait de plaisir. L'échafaudage des partitions de Bach s'effondrait à chaque seconde. Ses doigts devaient trembler. Lui, l'amoureux surdimensionné, l'homme qui n'aimait que par de grandes embardées, comment pouvait-il se livrer à cette pantomime pitoyable ? Pourquoi se convertissait-il soudain au sordide avec cette fille dont les fesses molles étaient le gagne-pain ? S'exerçait-il à la déchéance ? Était-il résolu à changer leur chef-d'œuvre en déshonneur absolu ?

Consternée, Liberté eut envie de vomir. D'humeur rétractile, elle se reprit presque entièrement. Ses mouvements affectifs étaient toujours jaculatoires, voluptueux de promptitude. Elle avait cherché en Horace un héros et trouvait brusquement un client de filles de rue, un lascar d'un ordinaire sans relief. Liberté ne voyait pas qu'il lui signifiait maladroitement son désarroi : privé d'elle, désorienté, jaloux, il en était réduit à improviser des amours calquées sur leurs souvenirs, des copies lugubres de leur bonheur révoqué.

Son présent n'était constitué que de réminiscences, de résurgences pataudes mises les unes au bout des autres. Il ne naviguait plus que dans leur mémoire commune et préférait encore une fille payée, grimée en Liberté, attifée comme elle, bégayant les mots de leur passé, à une mignonnette porteuse d'un avenir qui lui paraissait inaccessible.

Effrayée, extatique, Liberté assista devant sa fenêtre au déroulement de *leur journée*, souillée de vulgarité. La prostituée — traversée de tics qui lui labouraient le visage — secoua maladroitement le bouquet de roses blanches, tenta de recréer un tourbillon parfumé et trébucha avec emphase sur un tabouret. Sa perruque noire glissa. Il fallut la remettre ; des mèches blondes dépassaient, barraient ses paupières convulsives. Son accent slave et sa voix stentorée écorchèrent le texte qu'elle s'appliqua à lire en mettant des lunettes à verres épais :

— *C'est moi... moi, moi !* ânonna-t-elle en émiettant les *m*.

— *Ah oui, bonjour,* fit Horace.

— *Non, c'est moi. Da !*

— *Quoi vous ?* reprit-il.

— *Les lettres, c'est moi.*

— *Ah... que voulez-vous ?*

— *Une chèvre... non, une chèfe-d'œuvre, sinon rien.*

Le blasphème était complet.

Révulsée, Liberté referma sa fenêtre pour ne pas entendre la suite. De son côté, Horace poursuivit cette reconstitution désespérée, conscient qu'il se montrait en spectacle. Il souhaitait persuader Liberté

196

que les sillons creusés ensemble étaient les seuls chemins qu'il désirait emprunter, même avec une autre. Horace déposa donc du Parme et des écrevisses sur la table, en priant la Caucasienne mal épilée de se déshabiller pour dîner nue. Elle s'exécuta avec un air qui participait de la servilité des larbins d'antan et de la bestialité des pugilistes à la douche. Ses jambes grêles apparurent. Sa nudité blafarde, pleine de tressaillements, fatiguée de misère, se révéla. Horace hasarda un coup d'œil vers la fenêtre de Liberté, histoire de vérifier qu'elle profitait bien de la démonstration tragique de sa nostalgie.

Leurs regards croisèrent le fer au moment où elle tirait violemment son rideau. Liberté ne voulait plus être témoin de ces développements nauséabonds ! Elle ne tolérait pas de voir leurs émois célestes revisités par une victime achetée, une mercenaire flasque et grimaçante ! Comment avait-il pu s'arrêter sur une fille aussi dissemblable d'elle ? Des fesses en yaourt ! Une physionomie de bois effilée, rechignée, fermée à toute nuance ! Aucun éclat ne sortait d'elle ! Et ce tortillement en guise de démarche ! Une pauvrette vieillie par le regard autant que par la peau ! L'incarnation de la fange ! Une intermittente des nuits interlopes du Puy-de-Dôme ! L'eût-il trompée avec une épouse pimpante de chirurgien, une héritière des bénéfices d'un shampooing ou une gracieuse poudrée comme il faut, Liberté aurait éprouvé une rage identique. La jalousie réchauffait son sang, allumait son caractère, faisait triompher sa virulence !

Horace resta coi devant ce rideau fermé, paya luxueusement la fausse Liberté Byron, annula leurs ébats de commande et termina seul la soirée. Le geste de Liberté avait enrayé son élan. Elle n'avait rien vu de poétique dans son initiative ; pas une seconde il n'imagina qu'elle en était furibarde. En une soirée, elle avait fait provision de colère pour plusieurs mois. Horace se croyait astucieux. L'ère des quiproquos dangereux, avec leur lot de conséquences fatales, venait de débuter ; plus rien ne la terminerait. S'il est difficile de s'entendre lorsque l'on parle, s'écouter sans rien dire annonce bien des accrochages. Horace et Liberté s'engageaient dans un drame mécanique, obligatoire pour ainsi dire. *Rien* est un programme qui n'aboutit à rien de convergent, ou plutôt à cette sorte de néant sinistre qui préside à toutes les catastrophes. Le décryptage de la conduite de l'autre allait bientôt les persuader d'idées contraires, les entêter dans des passions dissymétriques. Une horrible succession de malentendus les attendait.

7

Mademoiselle Liberté tenait de la pythie, du prêtre façon saint Ignace de Loyola et de Colette en période d'hystérie sensuelle. Toute son âme était engagée dans l'ambition qu'elle voulait communiquer à Horace. Cette fille n'était que lignes de force, au service d'une colère. L'idée d'être enterrée toute vive dans une existence bénigne, rassasiée, étouffée de sagesse, l'écœurait plus que jamais. Elle ne se voyait pas importer dans sa vie adulte la mollesse ignoble qui gouverne le sort des grandes personnes résignées, bedonnantes de réussite. Bâiller sa vie ? Jamais ! S'enliser dans le déshonneur du mariage ? Que nenni ! Ressembler à ces paladins dont le masque de modération a glissé sous l'épiderme ? À ces éteints qui mangent sans fringale, qui votent sans indignation, qui rompent sans choc traumatique ? Plutôt crever ! Les pécules de précaution, les assurances et les paratonnerres à la casse !

À force de s'identifier à son délire de perfection, Liberté devint aussi hardie que son catéchisme sentimental. Avec sa bonne foi intégrale, sa résolution athlétique et fatale, elle s'enferma dans un chemin quasi fictif et parfaitement glissant. Franchissant ce qui restait de distance entre elle et le fanatisme, Liberté décida de poursuivre son exploration d'un *rien* colossal. Ah, connaître enfin un *rien* constitué de renonciations épiques, de retraits convulsifs, de sacrifices éclatants ! Oser la plus intime des séparations ! Le divorce le plus conjugal ! Entrer dans une retenue pleine de lubricité ardente ! Enivrée de pureté, le cerveau incendié, Liberté ne voulait plus maintenir sa conduite dans des bornes raisonnables. Elle entendait exterminer toute sagesse entre eux ! Homicider la moindre tempérance ! Flirter avec les ténèbres ne dérangeait pas cette ascète voluptueuse. Le trépas était pour elle le début de l'immortalité.

Rien plutôt qu'une vie morte restait sa monomanie. Excitée par son dessein, dévouée aux excès furieux de sa passion, Liberté désirait ne plus rien manger qu'Horace n'aurait déjà goûté. Ne plus rien faire que de l'aimer ! Ne plus rien lui signifier ! Rien ! Rien ! En tout, elle mit alors un instinct d'absolu, une obsession tatillonne. Sa conduite ne devait plus être que la paraphrase d'une pensée unique : vivre un amour qui ne soit *que* de l'amour, un *rien* digne d'un chef-d'œuvre, purifié de tout quotidien.

Avec son aplomb d'illuminée, la fille de Lord Byron décida de disparaître définitivement, ou plutôt de s'installer clandestinement dans l'appartement de fonction d'Horace. Nulle trace du séjour de Juliette dans ces murs ne subsistait plus. L'épouse roborative avait déménagé avec ses bibelots sages, ses guéridons chantournés et ses rideaux brodés. Tapie dans les recoins, derrière les penderies ou sous le lit d'Horace, Liberté pourrait enfin vivre avec lui sans lui, se prélasser dans du *rien* consistant, copieux même, connaître un paroxysme continu !

Le soir même, elle déménageait par effraction — en crochetant la serrure —, et se domicilia dans un vaste placard d'Horace. Cette demeure sans soleil se révéla spartiate : un mur de planches pour horizon, des piles de brochures touristiques en guise de lit, un sommier de réclames qui promettaient de fréquenter l'univers à bon marché. Sous ses fesses l'Asie s'offrait, l'Amérique se vantait. Mais dans ce placard, elle ne rêvait que d'une destination : lui, l'homme par qui elle atteindrait un amour jamais apaisé. Liberté ne voulait plus se diviser, ou plutôt se multiplier en mille activités, se dilapider en études futiles. Aimer serait désormais son unique métier. Il y avait en elle des emportements d'amoureuse cyclonique, une exigence poignante. Quand elle regardait au fond de son âme, Liberté ne voyait qu'une chose : son désir de n'être qu'une amante. Ridiculiser Cléopâtre ! Pulvériser Ondine !

En rentrant, Horace jeta un coup d'œil de l'autre côté de la cour pour s'assurer qu'elle était bien là. Son absence énorme l'étonna. Troublé, le cœur encore chaud de pensées qu'il aurait aimé lui signifier par sa conduite, Horace se rendit dans la cuisine pour entamer un poulet froid mayonnaise. Face à sa fenêtre, il dépeça le cadavre cuit du volatile, en attendant qu'elle surgisse chez elle. Comme Liberté ne paraissait pas, il se résigna à aller se coucher et, nerveux, rendu à son angoisse de vivre sans elle, tomba dans une sorte de rêverie lourde en parcourant un roman — une épopée pygmée — qu'elle ne partageait pas en même temps que lui. Lire en solitaire le laissait sans tranquillité. Les Pygmées lui cassaient le moral, dissolvaient sa bonne humeur.

Profitant de ce répit, Liberté se coula dans la cuisine, récupéra la carcasse du poulet gisant dans la poubelle, lécha le reste de mayonnaise qui auréolait l'assiette d'Horace et dîna de ce que ses lèvres avaient touché ; puis elle but quelques gorgées d'un vin qu'il avait débouché. Enfin, Liberté sortit Horace de son lit en composant son numéro de téléphone sur un appareil portable. Il pesta, pensa que sa belle-mère cosaque allait le canarder de reproches qui déborderaient du téléphone et se leva pour aller répondre dans le salon. Elle en profita pour se faufiler sous son sommier, là où elle pourrait partager son sommeil.

À peine eut-il dit allô que Liberté raccrocha. Horace regarda en direction de sa chambre, obstinément déserte, sortit son télescope, scruta méticuleusement son intimité, rangea l'engin de laiton derrière un rideau et retourna s'aliter. Il se croyait loin d'elle. Liberté se trouvait juste sous lui, accordant sa respiration à la sienne, profitant de cette proximité tentante qui agaçait ses nerfs et embrumait sa tête.

Anxieux, Horace commença alors à se caresser en se figurant qu'elle l'exténuait de griseries acrobatiques. Dans son esprit, Liberté se surpassait en succions fictives ; sa main d'homme suivait le mouvement. Les vibrations transmises au matelas avertirent bientôt Liberté qu'elle occupait son imagination, activement. Émue de flotter parmi les désirs d'Horace, elle se donna à son tour des plaisirs précis, distrayants, coordonnés avec ceux qui, sur le lit, se développaient dans un essoufflement progressif. Comme Horace se délivrait de sa tension par un râle, elle mordit un pied de sa table de nuit pour bâillonner son extase. Rétention n'était pas pour eux synonyme de vertu. Jouir infiniment restait l'axe de leur existence.

Seule, recluse dans un placard ou sous un lit, Liberté échappa désormais à la vie de lieux communs qu'elle avait toujours craint de mener. Cette séquestration lui apparaissait comme une délivrance. Adieu les jours salis d'arrangements, les heures tuées par les rituels de ménagère, les minutes sans emportements ! Ah, disparaître pour exister enfin ! S'annuler pour se trouver ! Se jeter dans la fidélité comme on se jette dans l'adultère ! Trouver le bonheur au bout de la continence, en résultat d'une rage inflexible !

Naturellement, tant d'exaltation préludait au pire.

Les jours suivants, Horace s'inquiéta de la disparition subite de Liberté. Tous les personnages empesés du lycée furent consultés : le sentencieux qui faisait office de censeur ignorait ce que Mademoiselle Byron était devenue, le doctoral économe zozota qu'il n'en savait pas davantage, le concierge ivre de mépris, sûr de son importance, demeura évasif. Le petit peuple des professeurs n'accoucha d'aucune indication. Les anguleux en voulaient à Liberté, les espiègles se réjouissaient de son absence buissonnière, les spirituels firent des mots, usèrent quelques adjectifs, les latinistes convoquèrent Tacite. Horace resta sans explication.

Sous le lit, Liberté rédigeait le cahier de son enfermement volontaire, répertoire de ses émotions ailées. Elle notait ses extases nées de l'attente, ses espérances infimes, l'assouvissement que lui procurait l'abstinence. Son stylo enregistrait toute la poésie de son amour superlatif.

Un soir, alité au-dessus de Liberté qui se reposait

sous son sommier, Horace finit par composer le numéro de Lord Byron :

— *Allô ?* répondit le mangeur de chiens, friand de roses en compote et de beignets de fleurs.

— *Monsieur de Tonnerre, le proviseur...*

— *... et amant de ma fille !*

— *Elle a disparu depuis trois jours... Je me disais qu'elle était peut-être chez vous.*

— *Monsieur, vous m'excédez ! Ce que vous avez commis est honteux, infâme, ignominieux !* tonna l'homme qui avait traversé l'Atlantique à la nage.

— *Je vous comprends...*

— *Alors je me suis mal fait comprendre ! Je ne vous pardonnerai jamais de ne pas adorer ma fille avec la démesure et le romanesque qui lui conviennent. Qui croyez-vous aimer ? Une amante au petit pied ? Une étudiante qui se donnerait dans des draps de confection, sans se faire faire un lit sur mesures pour l'occasion ? Une gourgandine capable d'accepter de monter dans une chambre d'hôtel sans qu'on lui offre tout l'établissement ? Où sont les poèmes que vous auriez dû lui écrire tous les matins ? Par quelles audaces avez-vous payé ses faveurs ? Avez-vous seulement pensé à la faire rire chaque jour, à la faire entrer de plain-pied dans un chapitre de Stendhal, à lui parler en alexandrins ? Quelles sont les folies susceptibles de vous hisser au niveau de ses songes ? Par vos baisers ordinaires, vos promesses tenables, vous avez été le complice de la médiocrité, le suppôt de toutes les lâchetés, l'ordonnateur d'une défaite immonde ! De ses chagrins les plus funestes ! Amoureux inconséquent, vous avez poussé la pusillanimité jusqu'à nourrir ses élans en demeurant en dessous de*

205

*Shakespeare, à mille lieues de Musset ! Je vous méprise !
Ma fille était faite pour être une Jeanne d'Arc à l'assaut de
toutes les forteresses, une papesse qui aurait excommunié la
tiédeur sentimentale de l'univers ! Elle cherchait un
Roméo, elle a trouvé un rond-de-cuir ! Une blatte déguisée
en prétendant ! Un cancrelat ! Rien qu'un homme !*

— *Ce qu'elle réclame est impossible.*

— *Qu'est-ce que ça peut faire puisque c'est nécessaire !*

Sous le lit, Liberté entendait les vociférations de son
père qui résonnaient dans le téléphone, la jactance
houleuse de Byron dont les saillies éclataient à l'intérieur du haut-parleur minuscule. De tout son coffre,
il glapissait ce qu'elle aurait voulu dire. Reprenant
son souffle de forge, le géant assena une dernière
réplique :

— *Quand on promet le ciel à une fille, il faut être prêt à
y aller.*

— *Où est-elle ?*

— *Pas chez moi, pauvre type. Et si elle est au ciel, sans
vous, je vous y envoie !*

Byron raccrocha.

Horace resta détruit, pilonné sous le mortier du
verbe de Byron. N'avait-il pas participé à des jeux hors
de sa portée en aimant Liberté ? Pourtant, sa nature
entière, soumise au magnétisme de l'absolu, le tour-
nait vers des exigences de même standing. Toujours il
avait rêvé de se composer un destin d'amant, une carrière d'aimeur de femme. Un effréné de la monoga-
mie ! Ah, mettre de la virtuosité dans sa passion !
Pourquoi pas du génie ? Rogner toutes les habitudes
pour faire triompher l'invention ! Envoyer à la casse la

plus mince concession ! Se tortiller jusqu'à l'idéal ! Alors pourquoi s'était-il révélé au-dessous de ses propres attentes ? Comment avait-il fini par être inférieur à ses songes ? Un cancrelat quand il se voulait courageux, sans fatigue, cuirassé contre l'érosion, plus fort que le temps ! Désespérant de lui-même, il fut alors saisi de tristesse. Difficile de s'admettre si petit, de se constater si défaillant. Quel déshonneur de n'être que soi ! Quelle pitié de ne pas réussir à se sauver par le cœur !

Malheureux, se croyant oublié par Liberté, Horace n'avait même plus la force de faire de lui un homme totalement ordinaire. La ténacité qu'il faut pour se hisser à un niveau élevé de médiocrité ! Faire l'important à Clermont-Ferrand ne le tentait plus. Serrer la main des notoriétés départementales le dégoûtait désormais. Il n'avait même plus l'énergie de brider ses traits ironiques, de rechercher avec rage la société des décorés et autres pachas de l'industrie locale. Comment, jadis, avait-il pu solliciter la grâce de tutoyer les plumocrates du Puy-de-Dôme, des lots entiers d'épargnants vieillissant à feu doux, de flatter les charlatans du bonheur, ces prélats de la Magistrature bronzée et de la Médecine titrée qui se grisent de vacances à l'île de Ré, de raouts golfiques et de labradors bien élevés ? Fuir sa vérité avait cessé d'apparaître à Horace comme une issue.

Horace de Tonnerre allait devenir... rien. Mais un *rien* véritablement nul, sans aspects superlatifs, un *rien* léthargique, mou comme un ventre d'élu, triste comme un hymen d'épiciers assignés à vie dans une échoppe. Sa vie serait vide de ces ridicules qui appellent la caricature, des vices qui laissent imaginer des fantasmes abondants. La vacuité allait être son programme, l'ennui sa pitance. Adieu les chimères libertesques, les donquichotteries dont il s'était pourléché les babines ! Persuadé que Liberté était convalescente de leur histoire, qu'elle s'entortillait déjà autour d'un autre, Horace renonça à être lui. Il négligea même de renouveler sa carte d'identité. Monsieur de Tonnerre, né le 18 juin 1958, était officiellement périmé. Ses papiers l'attestaient.

9

Brusquement, l'alcool devint l'opium d'Horace. Il leva le coude mécaniquement pour s'acheter des rasades de quiétude. Complice de son effacement, le whisky ordinaire fut au menu de ses petits déjeuners ; puis, bigame, Horace se mit à fréquenter également les vieux malts. Hantant l'appartement, Liberté tenta bien de faire disparaître les bouteilles mais elles revenaient toujours plus nombreuses, à mesure qu'elle les jetait. Une marée écossaise ! La fièvre confiscatoire de Liberté n'avait aucun effet. Sous pavillon des Highlands, Horace descendait des fleuves de chagrin, s'annulait dans des beuveries qu'il croyait solitaires, s'ajournait sine die. Son soulagement commençait au deuxième verre. Sa douleur s'en allait alors. Il mourait avec le jour, se démolissait à chaque gorgée.

Après avoir vécu aux environs de la perfection, Horace explorait la condition de serpillière ; mais seulement pendant les heures non ouvrables. Sur la scène de la société, on le voyait presque sobre, souriant avec application, s'exhibant parmi les pontifes du corps ensei-

gnant dans un simulacre de bonne humeur. Le désespoir n'est insondable que lorsqu'il fermente sous un
masque de jovialité. Les chagrins qui ne disent pas leur
nom ont ce quelque chose d'indicible qui tue.

Horace mangeait peu ; l'alcool est un aliment qui
trompe le cerveau. Liberté maigrissait donc. Laissant
peu de restes, Horace la condamnait à rogner de maigres
fonds de poubelle. Parfois, avitaminée, elle titubait dans
l'appartement, ivre de faim et affamée d'amour. Mademoiselle Liberté était de celles qui se fanatisent dans
l'épreuve. Le renoncement était son remontant, l'obstination sa fierté. *Tout ou rien* demeurait sa sourate favorite. Fléchir à présent l'eût détruite. Mais, un soir, alors
qu'elle rédigeait son journal sous le sommier, elle fut
saisie de terreur en entendant un coup de téléphone.

Au-dessus d'elle, brisé d'alcool, Horace prenait rendez-vous pour le lendemain avec une prostituée, la priait
de venir déguisée en elle, vêtue d'un manteau rouge.
Sans doute s'agissait-il de la morne figure qu'il avait déjà
convoquée. Mais, cette fois, il enjoignait à la fille de
mettre un masque, de porter une perruque brune et de
se taire, pour qu'il pût se figurer qu'elle était une autre.

La perspective d'entendre Horace forniquer avec
une mercenaire juste au-dessus de sa tête parut hallu-
cinante à Liberté. L'immonde s'ajoutait à l'insoute-
nable. Quoi ? Allait-elle l'écouter proférer des mots
allumés en besognant cette putain ? Comment sup-
porterait-elle que cette fille glapisse de plaisir à sa
place ? Était-il concevable qu'il répande son sperme
dans une autre à quelques centimètres d'elle ?

Liberté ne voyait qu'une solution, radicale.

Le lendemain soir, on sonna. Sans marcher droit, Horace se traîna jusqu'à son piano. Ses mains imprécises, paludéennes, se posèrent sur le clavier. Sa tournure cafardeuse était celle d'un type usé qui ne cherche plus à dénouer sa vie. Son caractère émergeait à peine du brouillard d'alcool qui ralentissait son cerveau. Il n'éprouvait rien de bien net, aucune gloutonnerie de chair. L'apparence fatiguée d'Horace était donc prête à jouer une parodie des *Variations Goldberg*.

— *Entrez !* beugla-t-il. *La porte... elle est ouverte !*

Habillé d'un duffle-coat rouge et d'un fouillis d'étoffes, portant un masque vénitien, le souvenir de Liberté pénétra dans le hall. Ses jambes grêles, déviandées, n'étaient pas celles qu'Horace avait connues ; mais pour l'essentiel la silhouette était fidèle à celle de Mademoiselle Liberté. La perruque, presque identique aux cheveux d'origine de l'absente, aida Horace à entrer dans son rêve de retrouvailles. Liberté — qui le dévalorisait sans relâche, qu'il aurait dû fuir ! — exerçait encore sur lui un magnétisme souverain. Jamais il ne pourrait s'en délier ! Elle dont la croupe mouvante lui faisait glapir sa jouissance ! Elle qui l'avait abonné aux voluptés les plus toniques ! Drogué de plaisir ! Elle qui l'avait cru assez héroïque — lui, le lâche terré dans le Puy-de-Dôme — pour voguer vers la perfection ! Elle qui exigeait de la vie ce qu'en attendent les enfants, les fous et les saints ! Bref, les grands vivants ! Ceux qui méprisent la lucidité et votent des deux mains pour la poésie ! Les sages, quoi.

La vraie Liberté, déguisée en elle-même, s'avança dans un déluge de notes malmenées, un imbroglio de partitions bâclées. Pour annuler le rendez-vous pris avec la prostituée, elle avait appuyé le matin même sur la touche *bis* du téléphone d'Horace. Et la voilà qui paraissait en imitation de sa propre personne ! Son corps amaigri ne la trahissait pas trop et le whisky achevait d'embrouiller le jugement d'Horace. Liberté avait préféré se prêter à cette farce pathétique plutôt que de tolérer l'innommable.

Horace la regarda, à travers son chagrin, les pupilles en étoiles. Ses mains floues ébauchaient des bribes de partitions de Bach. Quand soudain, il s'arrêta. Liberté se crut reconnue.

— *Ça ne va pas !* lança-t-il. *La démarche. Elle ne marchait pas comme ça. Plus de grâce, je vous en prie... Sortez, nous allons reprendre.*

Ahurie, Liberté se retira et sonna à nouveau.

— *Entrez !* cria-t-il.

Elle pesa sur la porte et vint vers lui, avançant le pied sur le tempo des *Variations*, en tentant désespérément de ressembler à celle qu'elle avait été. Mais la physionomie atterrée d'Horace lui indiquait qu'elle n'y parvenait pas. Sept fois il lui fit recommencer son entrée, rectifiant d'abord son port de tête, corrigeant son pas jugé trop militaire, lui montrant même comment elle devait marcher pour imiter la véritable Liberté Byron ! En vain elle essayait et réessayait ce pas précis, aérien, qu'elle n'avait plus — ou qu'elle n'avait jamais eu ! —, cet amble harmonieux supposé faire frémir les étoffes et donner de la suavité à ses formes. Cette démarche qui faisait flamber ses désirs d'homme ! Mademoiselle Liberté se cherchait sans se trouver, comme si la femme qu'avait désirée Horace n'avait jamais existé.

Enfin, quand Liberté approcha de l'idée qu'il se faisait d'elle, elle resta pétrifiée. La mine égrillarde, guillotiné par une cravate, égaré, rougeaud de désespoir, Horace lui tendit alors des billets de banque froissés en précisant :

— *Faites-moi ce qu'elle me faisait... Ou plutôt ce qu'elle m'a fait une seule fois. Ce fut un chef-d'œuvre !*

Telle une automate, Liberté prit le numéraire. Patiemment, Horace lui relata avec force détails l'acrobatie sensuelle qu'elle lui avait offerte en voiture, juste avant l'accident. La soirée prenait soudain une physionomie effrayante. Être payée pour récidiver lui sembla sacrilège ; les billets la brûlaient. Mais avait-elle le choix ? Et puis, contrainte par les circonstances, Liberté se laissa gagner par l'envie de goûter une fois encore à leurs voluptés luxueuses. Ah croquer une fois de plus des heures succulentes ! Prête à obliger cet homme qu'elle adorait, frémissante d'appétits et de dégoûts, elle se déshabilla, sûre qu'il la reconnaîtrait enfin. Mais, devant le spectacle de sa nudité, l'œil exténué d'Horace ne s'alluma pas. Glacée, les mains placées devant son sexe acheté, Liberté ne conservait que son masque. Il pensa simplement que cette prostituée était trop maigre.

Le rituel se poursuivit. Liberté était certaine que ses ardeurs fignolées la démasqueraient, à force d'art. Elle signa chacune de ses caresses, se mit dans tous ses déhanchements, embrassa comme personne, suça ses phalanges selon sa recette. Son entrain n'était qu'à elle, sa liberté érotique la pointait. Pourtant, Horace ne la reconnut pas. S'il cria bien son plaisir, il crut avoir affaire à une professionnelle chevronnée.

Liberté en ressortit déconfite. Comment avait-il pu ne pas retrouver leur intimité dans cette étreinte, par ces élans qui leur appartenaient ? C'était donc qu'il ne l'avait pas véritablement rencontrée, ou seulement avec cette distraction qui signale les liaisons secondaires. Il ne conservait pas en mémoire le grain si fin de sa peau ! Ni le parfum de sa nuque, ni le modelé de ses seins ! L'alcool n'excusait pas tout. Il ne l'avait donc touchée que comme un rustre ! Alors qu'elle connaissait ses épaules par cœur ! Liberté pouvait réciter ses grains de beauté, relire ses mains d'homme les yeux fermés ! Sur son cahier, le soir même, son stylo pleura d'amers reproches. Une volée d'adjectifs caustiques se bousculèrent sur les lignes, dégorgèrent sa rage. Liberté se purgea ainsi de sa tristesse, tandis qu'Horace s'enfonça dans sa peine d'avoir été abandonné.

Les grandes vacances approchèrent. Esseulé, Horace n'eut bientôt plus à paraître et, quand le lycée se vida, il se remplit d'alcool. Père convenable, il ne s'interdisait ce plongeon que lorsqu'il voyait ses enfants. Manger ne le tentait plus. Il maigrit à son tour. Liberté se mit alors à dépérir. Si l'un s'affinait, l'autre, n'ingérant que les restes du premier, s'effaçait peu à peu. Liberté ne vivait plus que de sentiments. Le *rien* énorme qu'elle avait appelé de ses vœux ne laissait pas de place pour autre chose que son renoncement absolu. Il y avait du soulagement dans son extinction progressive, de la joie dans sa claustration de polygraphe. Écrivant sans cesse, Liberté se tenait désormais presque constamment sous le lit d'Horace, occupée à respirer avec lui quand il était là, noircissant son cahier de pattes-de-mouche lorsqu'il sortait. Ce *rien* qu'elle perpétuait était toute sa gloire, sa révolte radicale contre la laideur des mariages de grandes personnes. Elle, au moins, ne connaîtrait jamais l'avilissement du compromis, la déchéance du reniement, le parjure. Toute la sénescence qu'elle exécrait ! Corrodée par rien, maintenant jusqu'au bout son style moral, Liberté entendait demeurer fidèle à son credo : *un amour imperfectible, sinon rien.*

Dans ce ciel pur surgit alors une souillure : Horace rappela la prostituée qui, le croyait-il, avait ressuscité Liberté. Le programme qu'il lui assigna était identique en tout point : un masque, le silence total et le même étourdissement sensuel. Que cherchait-il dans ce bonheur artificiel, en déshonorant à nouveau leur histoire ? Liberté crut périr. Elle n'avait plus la force de se substituer à cette fille, ni même de quitter son grabat improvisé. Prisonnière de son corps au bord de la vie, pas loin de l'essoufflement, il lui faudrait supporter la violence de cette trahison, juste au-dessus de sa tête. Mais comment traverser une telle mortification ? Était-il même possible d'entrer dans une pareille souffrance ? De ne pas en être disloqué, émietté, détruit ? Jusqu'où est-il possible de suer de la douleur ? Peut-on tout vivre ?

11

Lorsque la fausse Liberté sonna, la vraie sentit son cœur se glacer. Des fragments de Bach se firent entendre, des bribes des *Variations* qui eurent des accents funèbres. À vous noyer de larmes ! Sous le lit, Liberté déglutissait avec peine sa ration d'air, suffoquait plus qu'elle ne respirait. Ses poumons sombraient dans la purulence d'une septicémie, coulaient en suppurations. À chaque inspiration, ce charnier fiévreux se donnait l'émotion de vivre encore. Les yeux d'Antigone étaient désallumés, ses membres dépulpés. Sa mine crépusculaire, à cheval sur les ténèbres, se creusait de silence, de recueillement. Christique, émergeant d'un demi-sommeil harassant, Liberté s'avançait vers la fin de son duel avec l'infini. Enragée d'amour, elle ne voulait plus se perpétuer que pour planter ses dernières flèches dans sa cible. Mais comment hisser à nouveau ses sentiments ? Où était l'amour le plus pur, celui qui vomit les fleurs artificielles, qui ignore les règles de l'horticulture sentimentale pour ne cueillir que des plantes sauvages ?

Mademoiselle Liberté, déjà charogne, espérait remporter une dernière victoire sur elle-même, surmonter l'infection qui l'assassinait, vaincre la mort quelques instants pour atteindre le pinacle. Mais elle le désirait sans y mettre trop de volonté ; car dès qu'on veut être follement amoureux, on ne l'est plus et l'amour s'éteint.

Liberté aperçut les pieds nus de la prostituée qui s'avançait. Horace égrenait quelques notes de Bach, se prenait les phalanges dans des croches et des bémols trop tapotés, pas assez velours. Un requiem emmêlé ! Saturé de chagrin, il ne lui fit aucune observation, ne régla pas son pas, renonça à corriger son port de tête. Liberté entendit un froissement de billets. Horace cessa de boxer le clavier. Les jambes de la malheureuse se rapprochèrent. Des vêtements chiffonnés tombèrent sur le parquet. Le sommier se creusa bientôt au-dessus de la tête de Liberté. La houle des bassins se marqua au dos du matelas. Un ressac sexuel presque conjugal, bien loin d'une tempête ; tout juste un petit clapot, mécanique et triste. Chaque grincement des ressorts se plantait en elle comme un hameçon. L'essoufflement de la fille s'enflait, volumineux et gras ; ce vacarme vulgaire, abominable, asphyxia presque Liberté. Pour ne pas hurler, elle mordit son cahier, tandis que ses poumons moisis se déchiraient, s'émiettaient en d'ultimes efforts.

Alors surgit dans ce tohu-bohu de douleurs, au beau milieu de cette atmosphère de maison de tolérance, parmi ces haleines mêlées, une prodigieuse clarté : Liberté donna à Horace la licence de n'être que lui-même, pitoyablement humain. Brusquement, au bord du trépas, asphyxiant dans le pus qui bouillonnait au fond de sa gorge, elle finit de vouloir et commença à aimer. Tandis que le froid s'établissait dans son corps, son âme se réchauffa pour la première fois d'un amour sans réserve. Au diable les sentiments conditionnés ! Les élans qui chipotent la conduite de l'autre et n'admettent que la perfection ! Liberté adora soudain les petitesses d'Horace, toléra ses mollesses de caractère, cajola en pensée ses pauvres limites. Elle sut alors que l'amour véritable n'espère rien, n'attend rien. Il ne crée pour l'autre que de l'espace. Il désenlace, affranchit de tout jugement, remet les clefs. Liberté eut enfin au cœur cette générosité-là. Elle parvint à traverser le mur de l'égoïsme, à traduire sa peur en confiance.

Horace jouit ; Mademoiselle Liberté mourut dans son plaisir. Occupée de bonheur, grisée par sa délivrance, elle cria.

Son râle victorieux fut plus long que celui d'Horace. Effrayé, l'homme faillible se pencha sous le lit et poussa un hurlement qui le dégrisa du litre de scotch qu'il avait bu. D'un coup, sa bille de vieux jeune homme en capilotade retrouva l'énergie de son ossature. Ses yeux boursouflés, envahis de fatigue sur le pourtour, se dilatèrent. L'irréel de la situation le chamboula. Parfois, la vie se déguise en fiction pour nous faire peur. Elle rend alors tout possible, sans craindre les pires détours.

— *Liberté ?* lança-t-il d'une voix trémulante.

Comme elle ne répondait pas, Horace repoussa la fille blafarde, effrayée, et souleva le lit. La découverte arracha un ululement à la prostituée. Elle ramassa ses étoffes, ses satins fades, une marée de dentelles vilaines et évacua les lieux. Liberté, encore tiède, tenait son cahier entre ses mains décrispées. Un cadavre heureux, on aurait dit. La fièvre s'était enfuie avec son souffle, laissant sur ses traits un reste de sourire. Liberté était morte amoureuse, quittant ses songes au moment même où elle les pénétrait. Ses yeux ouverts restaient écarquillés de sérénité, scrutant l'insondable, toujours avides d'avaler le monde.

Horace demeura saisi d'horreur, n'osant pas clore ce regard de comète figée. Il ouvrit le cahier, comprit tout de suite ce que sa Liberté avait traversé, et se trouva soudain minable, affligeant d'avoir douté d'elle. Répugné par lui-même, dégoûté d'avoir aimé sans dévotion, avec trop de paresse, il fut pris de nausées. Son amour n'avait pas eu toutes les confiances, n'avait pas tenu dans l'adversité. Horace se regardait brusquement comme un petit faussaire, bouffi de suffisance, posant pour la grandeur, l'élévation, alors qu'il n'était qu'une raclure, un rat. Comment avait-il pu ne pas avoir une foi aveugle en elle ? Enragé d'un appétit de culpabilité, Horace eut tout à coup honte de n'avoir été qu'un viveur sceptique, machinant sa vie comme un théâtre, sans voir que Liberté fut son rôle, quand lui jouait parfois le sien. Sa vie, infestée de tricheries, n'était qu'un guignol pour grandes personnes. Que n'avait-il su dérégler ses élans, se risquer à l'aveugle dans une passion phénoménale ! Sans regarder à la dépense ! Oser être ses sentiments avec courage ! Comme une femme !

Alors, résolu à ne plus composer son personnage mais bien à en faire craquer les coutures, Horace décida de ne pas demeurer au-dessous de Liberté. Le moment était venu de la rejoindre dans sa démesure, de se plier à sa maxime d'airain : *un chef-d'œuvre sinon rien.* Enflé de colère contre sa nullité, il porta Liberté sur son lit, sur ces draps qu'il venait de souiller avec une autre. Puis, résigné à se hisser jusqu'à elle, il ouvrit la boîte de somnifères grâce auxquels depuis des semaines il s'épuisait à dormir. Enfin il allait se sculpter dans un marbre étincelant, se désavilir, s'expurger de sa petitesse, déterrer en lui un reste de courage. À pleines poignées, Horace se goinfra de gélules, se bourra de mort.

Puis il s'allongea près de cette héroïne sans tache dont la robe blanche paraissait appartenir à la chair. Liberté avait l'âge de ses rêves étoilés, et le talent d'y avoir cru. Caryatide d'un temple dédié à l'amour fou, elle était morte de ses dix-huit ans. Avec pour seule habitude d'aller jusqu'au bout, Liberté avait déroulé son exigence naïve, dilapidé sa fortune morale, gaspillé son cœur jusqu'à la ruine. Quelle vie superlative ! Une corrida entre elle et l'éternité ! Une brève et fulgurante passe d'armes avec la médiocrité, dont elle ressortait triomphante. Une douche de pureté, avec du génie de temps à autre, par mégarde. L'envol d'un archange de la révolte ! Mademoiselle Liberté était bien la désobéissance en marche, un poing levé contre toutes les résignations, un cri adressé à tous les lâches

221

assis sur un fumier d'à-peu-près. Une figure de l'innocence qui, sans fanfare, prouvait la perfection.

Près d'elle, Horace se sentait quitter un monde raisonnable. La chimie des drogues refroidissait son sang. L'œil énorme de sa culpabilité le regardait à présent avec moins de sévérité. Immobile, il arrêta peu à peu de s'appartenir pour se diluer dans des sentiments entiers, libertesques. En lui allait bientôt s'arrêter cette bagarre pour échapper au sort commun. Dans un instant, il serait auprès d'elle par l'âme, comme leurs corps l'étaient déjà. L'issue approchait.

Au moment où il expira, Horace cessa d'être insuffisant.

Liberté triomphait. Le *rien* auquel ils accédèrent ensemble avait l'étoffe d'un chef-d'œuvre. L'arrêt que Clermont-Ferrand porta sur leur histoire fut tout autre ; on les qualifia d'amants immoraux. Chacun leur prêta les vices croquignolets qu'il n'osait pas s'offrir. On alla jusqu'à supposer Horace diabolique. Quand le monde est veule, le courage devient une tare, la grandeur une bassesse. Le Puy-de-Dôme tout entier accepta la thèse qu'avança le journal local en quelques lignes crasseuses :

« *Drame de l'âge. M. de Tonnerre, proviseur du lycée Blaise Pascal, a mis fin à ses jours pour éviter un scandale qui aurait brisé sa carrière. Sa liaison avec une trop jeune élève de l'établissement ne pouvait qu'éclater au grand jour. Cette dernière, victime de l'enseignant, vient de décéder d'une longue anorexie.* »

Lord Byron gifla le quotidien et le jeta au feu. À ses yeux, sa fille était morte comme les gentlemen doivent vivre : en dépassant les bornes. Seul avec son dernier chien — un dalmatien qu'il n'avait pas encore cuisiné en blanquette —, Lawrence était fier de cette fin qui n'en était pas une. Le trépas n'était pas pour lui un chemin vers le vide. Croire au néant lui semblait une faute de goût. Esthète, Byron pensait que la mort ne termine que les amours qui n'ont jamais commencé. Son chef-d'œuvre portait un nom : Liberté.

Achevé d'imprimer
sur Roto-Page
par l'Imprimerie Floch
à Mayenne, le 26 décembre 2001.
Dépôt légal : décembre 2001.
Numéro d'imprimeur : 52964.

ISBN 2-07-076323-4 / Imprimé en France.

5313